# LES CORRESPONDANTS

www.editions-jclattes.fr

Grand Corps Malade
Ben Mazué

# LES CORRESPONDANTS

JC Lattès

Copyrights cahier photo
1 et 2 Photos © Yann Orhan
3, 4, 5, 6, 7, 8, 9 DR
9. Photo © Anthony Fra
10. Photo © Laura Gilli
11 et 12 Photos © Marin Arnaud
13 et 14 DR
15 et 16 Photos © Yann Orhan

Maquette de couverture : Augustin Manaranche
Photo Yann Orhan
Dessin TourBus pages 59 et 60 © copyright Ellimac Pinson

ISBN : 978-2-7096-7085-2

Première édition octobre 2022.

# Préface

Chère lectrice, cher lecteur,

Dans ce livre de correspondance, excepté pour la présente lettre, tu ne trouveras aucun message qui te soit directement adressé.

Tu auras cette impression parfois de regarder par le trou d'une serrure, de surprendre une conversation privée, d'être mis en position de voyeur. Il se peut que tu ressentes alors un léger trouble. Mais rassure-toi, tu dois rester ! Et je vais t'expliquer pourquoi. Avant toute chose permets-moi de contextualiser. Ces lettres que tu t'apprêtes à lire constituent une correspondance qui s'étale du 21 février 2021 au 15 juin 2022. Les auteurs de ces lettres sont deux artistes que j'ai la chance de connaître depuis l'époque qui a précédé leurs succès, leurs tournées de Zéniths, leurs albums certifiés, leurs séances d'autographes et de selfies avec les fans. À l'époque lointaine de notre rencontre, Grand Corps Malade faisait résonner sa voix de Barry White français dans tous les petits bars parisiens où s'organisaient ce que l'on appelait alors des scènes slams. Il s'agissait de scènes ouvertes où le public s'inscrivait pour déclamer des textes a cappella devant un parterre d'oreilles attentives. Cette pratique était une activité d'initiés, extrêmement confidentielle, et d'une scène à l'autre on retrouvait souvent les mêmes têtes, c'est-à-dire une petite centaine de membres actifs éperdument amoureux de poésie, d'écriture et d'art oratoire. Quelques années plus tard, à l'époque de ma première tournée sur les routes de France, j'ai fait la rencontre de Ben Mazué, jeune médecin fraîchement reconverti en chanteur à textes. C'était un soir d'avril 2012, dans les loges d'un Centre culturel de la périphérie de Rouen. Nous avons discuté musique, influences communes et projets à venir, avant de partager la scène le soir même devant un public parsemé. Tu comprends alors, lectrice, lecteur, ma joie aujourd'hui d'écrire cette préface car je fais partie de ces spectateurs privilégiés qui ont pu assister à l'évolution fabuleuse de deux passions qui se sont muées au fil du temps en ce que l'on peut aujourd'hui qualifier de carrières.

Seulement les carrières sont une succession de choix ou de renoncements, de doutes et de prises de risques, de rencontres et d'opportunités qui rentrent aléatoirement en collision avec la vie de famille, la santé, la météo, le tirage du loto, les relations amicales et les déceptions amoureuses. Un imbroglio de circonstances en outre, un charivari de hasards et de chances qui ne transparaissent pas toujours dans l'œuvre de l'artiste mais qui ont pourtant une importance insoupçonnée pour la comprendre. Les lettres qui suivent dévoilent un peu de cet assemblage complexe. À tour de rôle, Ben Mazué et Grand Corps Malade prennent la parole dans un échange sans fil conducteur, sans règles ni tabous. Le XXIe siècle avec ses textos, ses notes vocales et ses messages vidéos, a fait de la correspondance épistolaire une activité quelque peu désuète, une espèce en voie d'extinction. Pourtant rien n'a véritablement remplacé cette expérience. Derrière le plaisir d'envoyer et la joie de recevoir, il y a la beauté du geste, ce pacte tacite de prendre des nouvelles de l'autre et d'en donner en retour. La correspondance rappelle que l'amitié est un engagement. Ce qui pousse à lire des lettres qui ne nous sont pas adressées est lié à notre curiosité naturelle de comprendre comment le voisin vit pour mieux comprendre sa propre existence, mais c'est aussi la conscience diffuse que ce mode d'expression est propice à la sincérité et à la confidence. Les lettres révèlent leurs auteurs comme une biographie en creux.

Dans cette correspondance qui permet de rentrer dans les coulisses de la vie d'artistes, sans les artifices, les lumières et le maquillage, il est question de musique, d'écriture, de la fatigue des tournées, du bonheur de la scène, des enfants, de l'inspiration, de la compétition, de la pandémie, mais aussi de WhatsApp, de Shakespeare, de l'Australie et du bowling. C'est avant tout la correspondance entre deux artistes au sommet de leur art, qui se respectent, s'inspirent et s'admirent mutuellement et qui partagent un grand sens de l'humour, une combativité heureuse et un optimisme à toute épreuve.

*Les correspondants*

Chère lectrice, cher lecteur, je t'invite donc à un amusant jeu de rôle, celui de te sentir destinataire de chacune des 53 prochaines lettres, comme si tu étais Grand Corps Malade ou Ben Mazué et que tu recevais pendant une année les nouvelles d'un ami.

Gaël Faye

## Fabien à Ben

Bureau de Prod, Paris XIe

Cher Ben,

Il y a quelques mois, alors qu'on déjeunait ensemble, on parlait de voyages... De grands voyages. Celui qu'on fait une ou deux fois dans une vie, celui que tu as fait à La Réunion en famille, et celui que je prévoyais à Montréal. Et on se disait que pendant mon exil québécois, on pourrait s'écrire. Pas forcément avec du papier et une enveloppe timbrée, mais s'écrire quand même autrement que par SMS ou par WhatsApp. Des lettres, à l'ancienne. S'écrire pour rester en contact bien sûr, mais aussi pour le plaisir d'écrire, et pourquoi pas pour laisser des traces. Se raconter nos vies à six mille kilomètres l'un de l'autre, décrire notre quotidien, évoquer quelques anecdotes marquantes, commenter nos projets, parler des thèmes qui comptent pour nous, effleurer des sujets d'actualité... On s'est mis d'accord sur une lettre par semaine. Une semaine toi, une semaine moi.

Et puis il y a eu cette petite pandémie planétaire qui a mis quelques grains de sable dans les rouages de la vie de sept milliards d'êtres humains. Et parmi les bouleversements majeurs de cet événement mondial, mon voyage a été annulé.

À ce moment-là, on s'est dit que ce n'était peut-être pas indispensable d'être éloignés de six mille kilomètres pour réaliser ce projet de lettres. On a décidé de le faire quand même.

Alors au moment où je rédige cette première lettre, il y a plein de scénarios possibles (j'ai vérifié, on n'est pas obligé de dire « scenarii ») :

– Soit cette lettre reste sans réponse, mais ça, je n'y crois pas vraiment.

– Soit on s'écrit cinq ou six pauvres lettres et le truc s'essouffle rapidement.

– Soit le projet est lancé, on kiffe, on garde à peu près le rythme et dans quelques mois, on a un paquet de lettres. On relit un peu nos échanges.

Et là, il y a deux scénarios possibles :

– Soit on se rend compte que ces lettres n'ont pas le moindre intérêt pour les gens et que ce projet vire à un ego trip gênant.

– Soit on assume un peu cet ego trip et on se dit que comme dans tous les écrits personnels, il y a un peu d'universel, et que les gens vont s'y retrouver. On décide alors d'en faire un livre.

Et là, il y a deux scénarios possibles :

– Soit on trouve un éditeur qui fait en sorte que nos lettres se retrouvent en librairie.

– Soit toutes les maisons d'édition nous répondent d'aller nous faire foutre en se demandant pour qui on se prend.

Quoi qu'il en soit, la première lettre est là. Le projet est lancé. Et j'avoue que je suis très motivé par cette correspondance.

## Ben à Fabien

Gare de Lyon, Paris XIIe

Une par semaine alors, d'accord. Allons-y.

Et puis même si tu as bien décrit les résultats possibles, au fond, peu importe. Après tout s'il avait fallu qu'on attende de savoir si nos idées aboutiraient avant de les initier, on n'aurait pas fait grand-chose.

Prends le cinéma par exemple, ils ont cette obligation de résultat. Il faut s'assurer qu'une idée accouchera d'un film réussi avant de le lancer, tant la mise de départ est conséquente. Alors le projet doit s'accompagner de garanties, des noms connus au casting, un réalisateur d'expérience, un format qui a fait ses preuves. Et à force de garanties, l'idée fraîche et brute se polit pour devenir une somme de compromis fade. C'est le risque du cinéma.

Nous, on s'écrit des lettres, la mise de départ est maigre, on peut prendre le risque. Le plan peut rester tel qu'il est, une lettre par semaine, au gré de nos ressentis, de nos vécus, de nos regards. Au pire c'est raté. C'est un impondérable. Et à vrai dire, raté, on connaît.

J'ai écrit un livre pour enfants, l'histoire de Phileas, cinq ans, puni pour avoir fait le plein de la voiture de ses parents avec de l'eau. Condamné à passer la journée dans sa chambre, il organise son évasion. Avec des chansons et des dessins. Ça n'est pas allé au bout car on s'est disputé avec mon coauteur.

J'ai écrit une série, quatre ghost writers dans le milieu de la variété française, à qui il arrive un tas d'aventures pendant qu'ils écrivent de vraies chansons pour de vrais artistes. Les chansons auraient vraiment existé. Les producteurs que j'ai rencontrés trouvaient que ça manquait de garanties. Oubliée la série.

J'ai lancé une tournée asiatique avec ma sœur qui vivait en Chine, et ça a capoté comme on dit, pour des histoires de cœur.

Je me suis marié et puis bon… mais c'est une autre histoire.

Je me suis souvent fié à ce dicton de mon père : « pour dix projets lancés, un seul aboutira et ça doit suffire à te faire vivre ». J'ai suivi ce précepte et j'ai pu constater qu'il est utile pour accepter l'échec, et continuer à tenter.

Une par semaine alors. OK.

J'aime bien les œuvres issues d'une contrainte, les créations provenant d'un exercice. *La Disparition* de Perec, un roman sans utiliser la lettre E. *Boyhood* de

Richard Linklater, ce film qui suit les mêmes acteurs pendant dix ans. On voit les enfants grandir, les adultes vieillir, sans artifice, c'est du vrai. Il nous restera ça, cet album de toi, où tu as demandé à dix auteurs d'écrire un texte avec la seule consigne d'utiliser cette phrase « il nous restera ça ».

Notre contrainte à nous elle me réjouit, parce que t'écrire tous les lundis c'est m'obliger à faire un point exhaustif sur mes états d'âme, avec, comme lecteur, le meilleur remonteur de moral de France. Parce que c'est une œuvre partagée et que « tout seul je vais vite et ensemble on va loin ». Peu importent les scenarii. Les idées peuvent être belles même sans être abouties.

## Ben à Fabien

Rue Marcadet, Paris XVIIIe

Ray LaMontagne est un chanteur, né en 1973, aux États-Unis, dans le New Hampshire, un petit État collé au Canada. Ray LaMontagne, on dirait un peu le nom d'un joueur de hockey. Ray LaMontagne chante comme il respire, simplement et superbement. Il a une voix suave, précise, douce et puissante. C'est un génie.

Il est de ces artistes qui n'ont jamais eu à douter de leur talent, ceux dont la vocation a toujours été évidente, ceux qui étaient *destinés*. Dans ce prestigieux club, je mettrais Norah Jones, fille de Ravi Shankar, donc déjà dans le milieu, qui, dans mon imaginaire, a tant baigné dans la musique qu'elle est comme Obélix avec la potion magique. Il y a aussi Otis Redding, Beyoncé, Céline Dion, évidemment Michael Jackson, et bien d'autres. Pour ceux-là, on le savait, on le disait depuis la petite enfance, le petit avait un truc, comme un don, il fallait l'entendre chanter, il était désarmant. Et puis en avançant dans la vie tout s'était passé dans le sens de leur passion, jusqu'à naturellement devenir un métier.

Je ne pense pas m'avancer en disant que ni toi ni moi ne revendiquons d'appartenir à cette caste. Non. Nous, on a d'abord eu des rêves d'enfant, un peu pompier, un peu footballeur, un peu basketteur, et puis on a fait des études pour nous mener à un métier que finalement on n'exerce pas. Un parcours très classique en somme. Les gens se cherchent, et se trouvent par petits bouts, tout au long de leur vie. Il n'y a que les génies qui savent depuis toujours ce qu'ils sont. Finalement, et contrairement à ce qu'on dit toujours, il n'y a que les génies qui ne changent pas d'avis.

## Fabien à Ben

Chez moi

Cher Ben,

Je ne connaissais pas Ray LaMontagne. J'ai écouté plusieurs titres, au casque comme on dit, pour m'isoler avec lui, pour m'envelopper de sa voix et de sa musique. Je ne connais pas bien ce genre musical. Si on cherchait à le définir, ce qui ne sert à rien, on appellerait ça du Folk non ?

Quoi qu'il en soit, je me suis isolé avec Ray, et il m'a vite emmené très loin de chez moi. Dès les premières notes de guitare, j'ai vu une forêt américaine en automne, des arbres épais aux feuillages orange et rouges. J'ai vu des routes pas très bien entretenues qui mènent à des petits bâtiments en bois, peut-être des fermes, des étables, je ne sais pas bien… Quand ton pote Ray a commencé à chanter, j'ai vu un saloon avec des mecs en bottes, souriants et moustachus qui trinquaient bruyamment et buvaient des bières.

La lumière était chaleureuse dans ce saloon, Ray chantait dans un coin assis sur un tabouret haut, et personne ne faisait vraiment attention à lui. Ce tableau donnait très envie de boire des bières avec les gentils moustachus. Ça m'a aussi donné envie de leur dire au revoir, de sortir du bar en remettant mon chapeau, de démarrer mon vieux pick-up Ford avec plein de planches de bois à l'arrière, et de retrouver ma femme Megan et mes fils Josh et Nicky autour de la vieille table en bois de notre cuisine. Josh me raconterait qu'il s'est battu avec Cameron à la récréation et ça ne m'étonnerait pas vraiment parce que je l'ai toujours trouvé énervant Cameron. Son père aussi d'ailleurs.

Je ne sais pas si ça ressemble à ça le New Hampshire mais apparemment, j'ai vu des films dans cette ambiance dont la BO rappelle les chansons de Ray LaMontagne.

C'est vrai qu'il chante bien. C'est pur, c'est fort, c'est évident.

Alors oui, c'est certainement un génie qui n'a jamais douté de son talent et dont la route (même si elle n'était pas très bien entretenue) ne pouvait mener qu'à ce métier de chanteur.

Alors oui, je suis d'accord avec toi, nous ne faisons pas partie de cette espèce dont la classe naturelle et le don éclairent le chemin depuis le plus jeune âge pour atteindre l'inéluctable. Michael Jackson ne pouvait être que chanteur et musicien. Michael Jordan ne pouvait être que basketteur.

Mais là où notre vie à nous est bien plus incroyable que celle de ces génies, c'est justement parce que notre route n'était pas toute tracée. Nous avons eu cette chance unique de faire face à des surprises, des virages, des accidents de parcours, des décisions à prendre, des coups de théâtre. Et puis, quand on finit par trouver la bonne voie, c'est encore loin d'être gagné. Il va falloir du travail, des doutes, des échecs, des coups de chance. C'est pour ça qu'elle est géniale notre vie.

Il n'y a que les génies qui ont une vie de merde.

## Ben à Fabien

Ménilmontant, Paris XXe

Hier soir, c'était les Victoires de la musique.

Quand j'étais petit, j'aimais bien cette cérémonie (et toutes les autres cérémonies télévisées). C'était le genre de rendez-vous qu'on regardait en famille, en commentant largement, et en rigolant beaucoup. J'adorais ça.

Bien sûr, celle qu'on attendait le plus, c'était les Césars. Je me souviens de tous ces acteurs, fringants, sublimes, magnifiquement classes : Yves Montand, Jean-Paul Belmondo, Gérard Depardieu, Catherine Deneuve, Romy Schneider, Michèle Morgan. Ils se rendaient hommage, se félicitaient, sans conflit, sans enjeu, sans raison. Sans même réellement de compétition, car ceux qui étaient là, qu'ils repartent avec une récompense ou non, avaient déjà gagné. Ceux qui montaient à la tribune essayaient d'être reconnaissants, touchants et drôles.

J'ai toujours adoré les hommages, ils sont de loin mes discours préférés. J'aime un peu moins les discours de remerciements, qui ressemblent beaucoup à un générique de fin, avec une succession de noms de gens qui ne signifient rien pour l'auditoire, mais qui veulent dire beaucoup pour celui qui est récompensé. Un discours de remerciement finalement c'est souvent ça : un générique, sans le film.

J'ai néanmoins des souvenirs de discours de remerciements magnifiques.

Le plus connu sûrement c'est celui d'Annie Girardot en 1996, César du meilleur second rôle pour *Les Misérables* de Claude Lelouch, qui, après trois longues minutes d'applaudissements nourris et très lacrymogènes, prend la parole en déclarant : « Je ne sais pas si j'ai manqué au cinéma français, mais à moi le cinéma français a manqué. Follement. Éperdument. Douloureusement. »

Je me souviens du discours de Coluche. D'ailleurs je ne sais pas si je m'en souviens vraiment ou si c'est à force de l'avoir vu dans des rétrospectives. Il gagne le César du meilleur acteur pour *Tchao Pantin*. Il est content, ça se voit, il a envie d'être reconnaissant, mais il veut surtout rester drôle. Alors il commence en disant : « Je voudrais remercier Claude Berri… Comme tout le monde. » Je ne savais pas qui était ce Claude Berri dont le travail méritait la gratitude du cinéma français tout entier, mais moi aussi j'avais envie de le remercier.

Les Victoires de la Musique, c'est nos Césars à nous. C'est moins classe avouons-le, moins important parce qu'on ne sait pas très bien pourquoi, il manque un gros paquet d'artistes qui mériteraient largement de figurer là, mais ça reste un très bon endroit pour faire un discours de remerciements.

Pour la première fois j'étais nommé, dans la catégorie Album de l'année, en face de Benjamin Biolay (qui a été lauréat), Julien Doré, Gaël Faye et toi. Note que tu étais aussi nommé dans la catégorie Chanson de l'année, et que tu l'as eue. Une victoire un peu plus savoureuse que les autres, car ça n'est pas au collège habituel d'élire le lauréat, c'est au public de voter, directement. La victoire la plus démocratique en somme. On s'est assez dit que c'était inouï d'être ensemble. Et c'est vrai. Être nommé avec des gens qu'on connaît, qu'on côtoie, qu'on estime, c'est le pied.

Et forcément, c'était très joyeux comme soirée. Bien sûr on était masqués et peu nombreux, et le Covid etc., mais on a bien ri. Comme à l'époque de mes parents, sauf qu'en plus on était là, dans le cœur de la machine. Comme j'ai pas gagné, j'ai pas fait de discours. Mais je m'étais forcé à en préparer un, parce que ça aurait été une chose d'être surpris de l'avoir, et une autre de n'avoir rien à dire de pertinent à ce moment-là.

Le discours le voilà :
*« Je pensais pas que j'aurais besoin de sortir ce papier parce que c'est peu de dire que dans cette catégorie j'étais*

*l'outsider. C'est magnifique de recevoir cette Victoire de la musique à quarante ans sans jamais avoir été nommé auparavant et avec un album qui ne passe pas sur France Inter.*
*Je voudrais remercier l'académie (enfin c'est comme ça qu'on dit aux Oscars, je sais pas comment on dit ici, "la confrérie des votants des Victoires de la musique "?) qui par ailleurs je me dois de vous le dire oublie un peu trop souvent le genre de musique le plus écouté de France qu'on appelle le rap.*
*Je vais pas commencer à citer les noms des gens qui ont œuvré à la fabrication de cet album parce que c'est très ennuyeux pour ceux qui nous regardent vu qu'ils les connaissent pas. Déjà que pour la plupart ils me connaissent pas moi. Mais je quitterai pas ce pupitre sans dire à Guillaume Poncelet, Olivier Leducq et Fabrice Martinez que cette récompense est aussi la vôtre.*
*J'ai une pensée pour ma famille, aux vivants et aux morts, et bizarrement surtout aux morts. Je pense à mes enfants et à leur mère, qui me tiennent la main depuis le début de cette aventure.*
*Et enfin j'ai une pensée pour ce jeune homme de vingt-trois ans seul dans sa chambre de garde d'un service de gynécologie de l'hôpital de Longjumeau qui rêve de nouvelles aventures et qui se demande si c'est possible. J'ai envie de lui dire regarde, regarde où on est, regarde, on l'a fait. Merci beaucoup. »*

Bon mais je le dirai jamais.

*Les correspondants*

Toi qui as été nommé – et la même année – aux NRJ Music Awards, aux Césars et aux Victoires de la musique, tu dois en avoir des choses à raconter sur les discours de remerciement. Je serais étonné que tu les écrives, enfin, que tu les rédiges littéralement. À mon avis, les jours qui précèdent tu t'obliges à te répéter le nom de ceux que tu dois mentionner, et puis tu te laisses guider par l'inspiration du moment. Mais peut-être que ça dépend des cérémonies, des époques, des catégories.

## Fabien à Ben

Café Le Timbaud, Paris XI$^{e}$

Cher Ben,

« *J'ai toujours pensé que plus une victoire est collective, plus elle est belle. Du coup je vous confirme que cette Victoire de l'Album de l'année est extrêmement belle. Je tiens donc à la partager avec toutes les personnes qui ont fait que cet album est là aujourd'hui…* »

Voilà, c'est à peu près comme ça que j'avais prévu de commencer mon discours de lauréat. Mais je n'ai pas eu non plus la Victoire de l'Album de l'année.

Ce discours, tu as vu juste, je ne l'avais pas écrit mais j'avais répété dans ma tête le nom de toutes les personnes que je ne voulais pas oublier. Je suis d'accord avec toi, le public se fiche complètement d'entendre cette succession de noms inconnus et mon discours devient vite sans intérêt pour les téléspectateurs.

C'est dommage.

J'ai parfaitement conscience que le lendemain, quelqu'un pourra raconter la cérémonie à son pote en disant : « C'est Grand Corps Malade qui a eu le meilleur album. Il avait l'air content. En revanche son discours était très relou. »

C'est dommage.

C'est dommage mais tant pis, parce que j'ai bien pesé le pour et le contre et j'ai choisi.

J'accepte de saouler quatre millions de téléspectateurs pour faire plaisir à douze personnes qui ont bossé sur mon album. Douze personnes grâce à qui j'ai eu cette Victoire. Douze personnes qui ont espéré autant que moi que je monte faire ce discours au pupitre. Douze personnes qui vont être tellement fières que quatre millions de personnes entendent leur nom. Et puis douze personnes citées, c'est aussi potentiellement vingt-quatre parents qui vont entendre avec émotion le nom de leur enfant devant quatre millions de téléspectateurs. Douze personnes citées, c'est aussi potentiellement quarante-huit voisins des vingt-quatre parents qui vont leur dire : « Oh hier, j'ai entendu le nom de votre enfant aux Victoires de la musique. J'étais sacrément fier pour vous… »

Alors oui, je pense que ça vaut le coup de saouler quatre millions de téléspectateurs pour rendre fières quatre-vingt-quatre personnes plus ou moins directement liées à la conception de mon album.

Mais bon, de toute façon je ne l'ai pas eue cette Victoire de l'Album de l'année. J'ai eu celle de la Chanson de l'année mais comme c'est un duo (avec Camille

Lellouche), je n'ai pas voulu monopoliser la parole et j'ai juste remercié le public qui avait voté pour nous, ce qui n'est pas très original. Alors non seulement j'ai potentiellement déçu quatre-vingt-quatre personnes qui se sont dit que, quand même, j'aurais pu citer le nom des membres de mon équipe, mais en plus, je pense que le lendemain, il y a quand même quelqu'un qui a raconté la cérémonie à son pote en disant : « C'est Grand Corps Malade qui a eu la Chanson de l'année. Il avait l'air content. En revanche son discours était nul. »

Quoi qu'il en soit, sur les centaines d'albums qui sont sortis cette année, La Profession a nommé cinq finalistes pour être Album de l'année. Et dans ces cinq-là, il y avait toi, Gaël Faye et moi. Trois potes qui se connaissent depuis un paquet d'années, trois potes qui aiment se retrouver dans des restos clandestins pendant le couvre-feu, trois potes qui s'estiment humainement et artistiquement.

Alors oui, on a perdu, mais on a perdu ensemble. Et j'ai toujours pensé que plus une défaite est collective, plus elle est belle.

## Ben à Fabien

Ligne 8 du métro, Paris

Vendredi j'ai laissé mes enfants le matin, c'était comme une libération. J'en pouvais plus de les avoir, de les gérer, avec le taf et tout. C'est surtout le truc d'être seul. Ça me dévore parfois d'angoisse de voir ce destin que je me construis à l'écart de l'idée que je me fais de l'existence, à savoir une vie en couple. Et en même temps, j'étais pas le plus heureux des hommes en couple. Globalement, je suis pas le plus heureux des hommes.

La mode c'est de dire « accepte-toi, car tu verras qu'en t'acceptant tu t'aimeras ». Moi je peux pas faire ça. Car m'accepter serait d'accepter que je m'aime pas trop et du coup bah je peux pas m'aimer de ne pas m'aimer.

Bref.

Je vais voir un psy t'inquiète. Pour le coup, là, je fais bien comme tout le monde. Comme ça, quand les choses se corseront j'aurai cette phrase de salopard qu'ont tous ces gens qui vont voir un psy : « Je dois me concentrer sur mon bonheur. » Mais quel égoïsme cette phrase. Ma mère disait : « Si tu es malheureux de ta condition, tu n'as qu'à arrêter de penser à toi, tu n'as qu'à t'intéresser aux autres et tu verras, ça ira mieux. » Ma mère c'était l'anti-psy. Je sais pas si ça lui a vraiment réussi dans la mesure où elle est morte à soixante piges, abîmée par un tabagisme et un alcoolisme qui me font dire qu'elle aurait peut-être dû se concentrer un peu plus sur son bonheur.

Bref.

Donc vendredi, j'ai déposé les gosses et j'étais ravi. J'ai répété avec Robin pour une version de 2 mn 30 de *Quand je marche* à faire pour le 20 heures de Delahousse. Les gens ne savent pas mais parfois on nous impose une durée de chanson et si notre titre est trop long il faut savoir couper. Au début ça m'énervait puis un jour tu m'as dit que les vrais pros ils savent s'adapter sans broncher alors depuis je bronche plus. Je suis sorti de là et j'ai préparé un dîner de l'espace pour mon pote Hamda et sa femme Anissa.

Un petit mot sur Hamda et Anissa parce que leur destin est quand même assez incroyable. Hamda et Anissa étaient ensemble au lycée, à Tunis. Ils étaient des étudiants brillants. En 1998 ils ont décidé de venir ensemble à Paris pour faire médecine. Anissa logeait dans un foyer pour jeunes filles et Hamda dans une chambre de bonne à côté de la fac de la Pitié-Salpêtrière. Un jour de janvier 1999, à la fac, à la recherche d'une salle vide pour réviser, je tombe sur Hamda qui était là tout seul. On a engagé la conversation et à la troisième seconde où on parlait je savais qu'il deviendrait un ami proche. Il y a des coups de foudre partout. Pas seulement amoureux.

Il était très triste parce qu'Anissa venait de le quitter, et il refusait d'affronter ce merdier sans elle, il l'aimait de tout son cœur, et Hamda, je l'ai appris par la suite, il a un cœur très solide et costaud. Il me fait souvent penser au personnage joué par De Niro dans *Casino*, Sam Rothstein. Un type intelligent, digne, un patron né, fort, mais clairement dévoré par un romantisme qui lui jouera des tours.

Quand on s'est rencontré ça tombait bien parce que moi aussi je m'étais fait larguer mais moi c'était assez fréquent. À partir de ce jour, on s'est plus quitté. Il a fini 44e au concours d'entrée en médecine, moi 87. On a fait nos années d'étude ensemble, toutes les fêtes étudiantes, les vacances, les projets, les stages. On a eu des tas d'histoires d'amour lui et moi mais jamais quelque chose d'assez fort pour construire.

Jusqu'à cette fille. C'était elle, c'était sûr. Il l'a épousée très vite. Il est devenu anesthésiste. Je suis devenu généraliste. Il a eu une petite fille, Maïa, née en 2011, et un garçon, Farès, né en 2013. Il a acheté une maison dans le 92 et il a appris à me battre au tennis.

Plus jamais de nouvelles d'Anissa. Jamais. Rien. Elle avait choisi dentaire, c'est tout ce qu'il savait.

Et puis un samedi d'été de 2019, il vient déjeuner chez moi, je le sens stressé, fébrile. Il me raconte : « C'était la semaine dernière, ma femme était au bled avec les enfants, j'étais seul à Paris pour taffer et là je reçois un coup de fil de Sofiane qui me dit qu'il organise une fête et qu'il m'invite, mais il me prévient, il y aura Anissa. Je lui réponds que c'est bon, que de l'eau a coulé sous les ponts et que je suis capable de la voir. Donc j'y vais. Serein. »

Il arrive à la fête. Ils se voient. Ils se parlent. Ils se lâchent pas. La complicité intacte. Et presque quinze piges à rattraper. Anissa s'était mariée elle aussi, elle avait fait deux enfants elle aussi. Une petite fille, Maya ! (Pareil que sa fille) née en 2011 (même année que sa fille). Et un petit garçon, Farès !! (Pareil que son fils) né en 2013 (même année aussi). C'est tellement incroyable que ce serait retoqué dans un script de comédie romantique. « Là, me dit-il, je savais. » Elle savait aussi manifestement, mais elle l'a quand même prévenu : « Mon mari va venir nous rejoindre là. » Il lui a répondu que son mari faisait ce qu'il voulait, mais que ce soir il repartirait avec elle. Et c'est ce qui s'est passé.

On est en 2021, Hamda a quitté sa première femme pour Anissa, ils ont eu une petite fille, Laeyel, et quand ils parlent de leurs autres enfants ils sont obligés de donner l'initiale du nom de famille puisque tout le monde a le même prénom.

Voilà pour le petit mot sur Hamda et Anissa.

C'est beaucoup trop grand comme petit mot.

Donc ils sont venus dîner, et j'étais content parce que je les aime et parce que je fais plus trop de dîners depuis que je suis célibataire.

Dimanche je devais faire des trucs mais j'ai tout annulé pour me reposer.

Lundi matin en allant travailler, j'étais rempli de détresse, je me disais que cette vie n'avait pas de sens, mais qu'elle n'était pas pour autant désagréable non plus faut pas exagérer. Je marchais dans le soleil de fin d'hiver, en dissertant sur le creux de mon existence et je me suis fait cette réflexion : j'étais déjà impatient de récupérer mes enfants.

## Fabien à Ben

Bureau de Prod, Paris XIe

Cher Ben,

J'ai adoré ta dernière lettre. C'est un film !
Comme j'aime bien rebondir sur ce que tu m'écris, j'ai cherché une histoire d'amour aussi dingue dans mon entourage, ou au pire dans l'entourage plus ou moins direct de potes plus ou moins proches. Mais rien. Je suis un peu jaloux de ne pas pouvoir te mettre à mon tour au cœur d'aléas amoureux et de labyrinthes du destin les plus inattendus.

J'ai bien mon pote Éric qui s'est fait griller par sa femme en train de kèn sa belle-sœur. (Donc la sœur de sa femme.) J'ai aussi une copine de mon pote Stéphane, qui a retrouvé la maîtresse de son mec, qui a pris rendez-vous avec elle pour chercher à comprendre… Et qui s'est finalement fait ambiancer par cette maîtresse jusqu'à coucher avec elle. Mais bon, tout ça est un peu glauque, et tourne surtout autour d'histoires de cul, et tout ça n'a pas la grâce et la rareté de l'histoire de Hamda et Anissa.

Et puis en plus, j'ai été obligé de changer les prénoms pour préserver l'anonymat des protagonistes. Et puis en plus, la deuxième histoire, c'est toi qui me l'as racontée.

Tu m'as écrit que tu t'es senti libéré en laissant tes enfants… Tellement classique cette situation. On ne peut pas vivre sans eux, on a besoin de les voir, de les entendre, on n'est pas vraiment entiers quand ils ne sont pas avec nous et pourtant, on se sent tellement libres dès qu'on passe quelques jours sans eux. Plus besoin de s'en occuper, plus besoin de leur trouver un programme, de gérer leurs disputes, plus besoin de leur faire à manger, plus besoin de manger tout court, plus besoin de respecter des horaires, de parler, de se lever, plus besoin de se coucher.

Il m'arrive parfois d'imaginer mon quotidien sans eux. De fantasmer cette vie de bohémien, cette innocence, cette vie de sortie sans connaître l'heure de rentrée, cette vie rock'n'roll, cette vie d'excès, déséquilibrée, instable, cette vie dehors sans culpabiliser de ne pas être dedans, où tu rentres tard bourré en faisant du bruit, où tu ne rentres pas. Cette vie où tu improvises. C'est surtout ça que je fantasme : l'improvisation. Quand tu as des enfants jeunes, tu n'improvises plus.

En fait, quand je pense à tout ça, ce n'est pas du fantasme, c'est du souvenir. Je me rappelle ma vie d'avant, notamment celle du début du slam, celle des bars jusqu'à la fermeture, celle des squats, de l'underground, celle où je démarrais la soirée quelque part sans aucune idée du lieu où j'allais la terminer.

Quand je pense à tout ça, j'imagine ta vie les semaines B.

Bien entendu, comme je suis un humain normal, c'est surtout que j'idéalise ce que je n'ai pas. Il y a fort à parier que si j'étais à ta place en semaine B, j'aurais la flemme de sortir au bout de deux jours et je rêverais de bouffer des coquillettes avec mes enfants en écoutant leurs commentaires devant *Koh-Lanta*.

Et puis c'est surtout qu'à l'heure où je t'écris, on est tous plus ou moins confinés depuis un an et imaginer un bar la nuit est un fantasme absolu.

Alors comme ça, pour le 20 heures, tu dois adapter ta chanson « Quand je marche » en 2 mn 30 ? Je ne me rappelle pas t'avoir dit que les vrais pros savaient s'adapter sans broncher. Mais ce que je sais, c'est que je ne suis pas inquiet pour toi parce que tu es un vrai pro. Bon Delahousse mon pote.

## Ben à Fabien

Sur un banc, Ménilmontant, Paris XXe

Finalement ils ont décalé Delahousse.

Faut se méfier des promos qui se décalent.

Quand mon premier album est sorti, on n'avait pas beaucoup de médias qui s'y intéressaient bien sûr, c'est pas évident de faire exister médiatiquement un premier album.

Aussi, tu peux imaginer la joie quand j'ai appris qu'on allait performer en live au *Grand Journal* sur Canal +, ancienne messe de l'access prime time. La programmatrice de l'émission était mariée avec un type qui aimait beaucoup cet album et qui avait, paraît-il, insisté auprès d'elle pour qu'elle me prenne. Tant mieux. Génial.

La veille, hasard du calendrier, j'avais rendez-vous à la banque, pour rencontrer mon conseiller. « Et il serait temps qu'on se rencontre docteur Mazuet. »

Sympa ce banquier, un peu plus vieux que moi, souriant, il me parle de son bébé qui arrive, du déménagement que ça implique, de sa sœur qui est toubib comme moi. Là je le coupe et je lui dis que je ne suis plus médecin, je suis chanteur depuis un an et intermittent et ça marche super (c'est mon banquier, pas mon psy, je vais pas lui dire « c'est un projet débutant, je me bagarre mais c'est pas évident. Par exemple la semaine dernière j'ai joué à Lille et à un moment j'ai remarqué un détail bien déprimant : on était plus nombreux sur scène que dans le public. Pourtant on joue à quatre »).

Donc ça marche super que je lui dis, j'ai sorti un album qui cartonne et d'ailleurs rendez-vous demain soir sur Canal car je vais chanter au *Grand Journal*. Et là, le regard du banquier change.

« Ah oui quand même le *Grand Journal*, c'est formidable ça docteur Maz. Monsieur Mazuet. »

Et on s'est quitté.

Le *Grand Journal*, ils ont décalé une première fois, parce que Metallica était à Paris et que c'était une belle occasion pour eux. Puis une deuxième fois parce que Bono était à Paris et il fallait pas le manquer.

Et il n'y a jamais eu de troisième fois.

Et moi j'ai changé de banque.

Il est 17 h 50. Nous sommes le 15 mars 2021. Le printemps chasse l'hiver. Il fait beau et frais. Je rentre de répétition, je n'ai pas le temps d'aller au bureau.

Je pourrais bosser de chez moi mais il y a les enfants. Je pourrais m'enfermer dans ma chambre, mais il y a jamais rien de bon qui en sort.

Je pourrais me poser dans un café mais il y a plus de café en France le 15 mars 2021, et dans dix minutes j'aurai même plus le droit d'être dans la rue. Je me suis posé sur un banc, avec les habitués de Ménilmontant, et j'écoute une chanson de toi.

« Il me restera ça,
un banc pour regarder les gens. »

## Fabien à Ben

Café Chez Momo, Paris Xe

Cher Ben,

Ce matin j'ai eu une idée, que dis-je une idée... une révélation. Ben, il faut qu'on se renouvelle. Je pense qu'on manque d'ouverture d'esprit. On est figés dans nos habitudes, bloqués dans nos schémas.

Ben, il faut qu'on voie plus haut et plus loin dans les thèmes de nos chansons. J'ai fait le tour de nos répertoires respectifs et il manque quelques sujets qui nous permettront de passer un cap. Je vais me permettre de t'en proposer quelques-uns :

LES MOTOS

On peut aussi appeler ça les bécanes. Ça nous donnerait un côté aventurier pas inintéressant. En plus, ça ferait une super pochette d'album. Toi sur une Harley, ou moi sur une Yamaha R1 (je sais pas trop ce que c'est mais ça doit être pas mal). Tu pourrais aussi tenir ton casque sous le bras.

LA BAGARRE

Les gens aiment la bagarre, Ben, c'est inéluctable. Regarde le succès du MMA. On pourrait écrire un son bien vénère sur la nécessité qu'a l'homme de se battre pour avancer dans la vie. J'imagine bien un parallèle entre une métaphore filée (genre la vie est un combat) et une vraie situation où on raconte une bonne grosse baston qu'on a eu l'occasion de mener à son terme. Une bagarre qu'on aurait gagnée, ce serait mieux. Je sais pas si tu t'es beaucoup battu. Moi, pas très souvent mais à chaque fois, j'ai gagné ; pas parce que je suis très fort mais parce que j'ai toujours jaugé la situation au préalable, et quand j'ai pris la décision de me battre c'est que je sentais que l'autre était nul. Bref, il nous faut une chanson de bagarre.

L'AUSTRALIE

On ne parle pas assez de l'Australie dans nos chansons, Ben. On peut raconter plein de trucs là-dessus, les paysages, les grands espaces, le bout du monde, la liberté, les aborigènes, les kangourous. On peut dire ce qu'on veut, de toute façon personne n'y est allé.

LE BOWLING

Je ne sais même pas pourquoi on n'y a pas déjà pensé. Le bowling, c'est familial, c'est frais, c'est divertissant. C'est toute une ambiance visuelle et sonore avec ses habitués, ses codes et ses chaussures. On peut imaginer des métaphores très subtiles, comme quoi, pour réussir dans la vie, il faut rouler bien droit pour ne pas tomber dans l'abîme. Et si tu roules bien droit, là seulement, tu peux parvenir au bout du chemin et accéder à la réussite suprême : tout foutre en l'air.

Bon, je pensais aussi aux brocantes, aux sneakers, aux fléchettes et aux dos-d'âne mais j'ai l'impression que les quatre thèmes que j'ai développés au-dessus sont les plus porteurs.

À ta disposition pour en discuter.
Bien à toi,

Fabien

## Ma bécane
Ben Mazué

*J'avais une présentation à faire au taf aujourd'hui*
*J'avais beaucoup travaillé dessus, j'avais passé beaucoup trop de nuits,*
*J'étais fier de mon projet c'était le plus frais c'était le plus sain.*
*Et pourtant je me le suis fait retoquer sans raison par mon N+1.*

*Mais j'ai tenu bon, je suis resté calme,*
*Chuis juste allé à la fenêtre et je l'ai regardée là, garée, ma bécane,*
*Quand je roule, sur ma béca-a-a-ne*
*Y'a tellement de gens qui ont décrit*
*Cette liberté infinie*
*Quand je roule, sur ma béca-a-a-ne,*
*Avec mes gars on part, on sait jamais vers où,*
*Mais toujours sur deux roues.*

*J'avais envie d'un week-end à rien faire,*
*Lire le journal, marcher dehors, prendre un peu l'air,*
*Mais il a fallu que t'invites toute ta famille à déjeuner*
*Ta mère, ta sœur et puis son gars là, son Roger,*
*Il est gentil Roger il est juste un peu chiant,*
*Toi tu t'en fous il te parle pas c'est toujours à moi qu'il s'en prend,*
*Pour me parler de lui, et me parler de lui et parler de lui,*
*C'est insupportable et moi j'écoute sans bruit,*
*Oui je tiens bon, je reste calme,*
*Je pense à l'après-midi que je vais passer sur ma bécane.*

*Quand je roule, sur ma béca-a-a-ne,*
*Je traumatise tous ceux que je dépasse*
*Je fais plus de bruit qu'un avion de chasse*
*Quand je roule, sur ma béca-a-a-ne,*
*Ça compense les moments d'ennuis*
*Sur ma bécane c'est le seul endroit où je suis vraiment en vie.*

*Ma bande de peur est bien trop fine, et je vais finir par décrocher,*
*Je prends des angles tellement pointus que je peux lécher le parapet*
*Pendant nos arsouilles du samedi on vient enrhumer les caisseux,*
*Dans nos combardes on est jolis comme un moteur de pisse feu*
*Sur ma bécane,*

*J'enquille, j'essore la poignée je déroule du câble,*
*Et je dépose n'importe quel minable*

*Quand je roule, sur ma béca-a-a-ne,*
*Y'a plus de patron, y'a plus de papa, y'a plus de Denis, y'a plus de chéri, y'a plus de pote,*
*Y'a que le pilote*

*Quand je roule, sur ma béca-a-a-ne,*
*Je roule des pelles à la terre*
*Le vent dans mes artères,*
*Le corps qui fume,*
*Je m'envoie en l'air sur le bitume.*

## Ben à Fabien

Rue Marcadet, Paris XVIIIe

On est lundi.

Je pars à Abidjan à la fin de la semaine pour un séminaire d'écriture. Je vais retrouver une équipe de compositeurs avec qui je travaille régulièrement depuis deux ans, sans les avoir jamais rencontrés. Magie du monde moderne. Ce sera chose faite vendredi. Si mon passeport arrive à temps.

Ce matin, en arrivant à l'école, j'ai appris que la classe de mon fils fermait pour une semaine, celle de son frère étant en sursis (le 30 mars 2021 toutes les classes de France sont en sursis), un peu comme le reste de notre existence en ce moment.

On est tous inquiets. La pandémie, c'est un bon terreau. Après, « faut voir comme on nous parle » comme disait Alain Souchon. On nous dit que la catastrophe sanitaire est là, on parle de « vague », c'est costaud comme image une vague, ça déferle, ça emporte, ça noie. Alors on prend des mesures pour l'enrayer. On fabrique des digues économiques. Et de ces mesures découlent des catastrophes humaines à venir. Mais elles ne sont pas encore là, juste on les redoute. Les étudiants précarisés, les lycéens à moitié au lycée, les écoles primaires qui ferment, les artistes, les restaurateurs, les bars, les professionnels du tourisme, des loisirs, les sportifs, les malades d'autres maladies qu'on déprogramme, les cancers qu'on ne détecte pas, les psychotiques, les schizophrènes qui décompensent, les amoureux qui ne se rencontrent pas, ces vies qui ne changent pas grâce à un voyage, grâce à cette rencontre, donc grâce à cette soirée et à ce verre renversé dans ce bar, grâce à ces huit heures passées ensemble à l'aéroport à attendre le vol pour Athènes. On ne sait pas endiguer ça, les occasions manquées.

Je voudrais pas trop m'étendre sur la question. Mais j'aimerais apporter un début de solution. Pourtant je te jure c'est pas la journée, j'ai une sorte de mélancolie collante qui est apparue dimanche dernier et qui ne veut pas me lâcher. Mais là, de t'écrire – et je vais même aller un peu plus loin dans la confidence –, de penser à toi, ça me donne toujours envie de fouiller du côté des solutions plutôt que de m'épancher sur mes problèmes.

J'entendais une femme, une sociologue (quel beau métier) expliquer à la radio que le premier confinement avait été exaltant, elle a utilisé ce mot, exaltant. Elle disait que le monde s'était arrêté pour se soigner, et que finalement tout le monde s'est dit au moins une fois dans la vie que ce serait bien de s'arrêter un peu pour faire le point sur soi, regarder le printemps s'installer, passer du temps avec ses enfants, faire son propre pain, comprendre qu'on a plus rien à faire dans cette société de recouvrement, etc. Il fallait juste attendre, et après, la vie reprendrait. On avait même des dates.

Le deuxième confinement, et à plus forte raison le troisième, a installé un doute dégueulasse. On n'avait plus de dates de reprise de rien, on naviguait à vue, et la question n'était plus de savoir quand la vie reprendrait, mais si elle reprendrait tout court. Et la sympathique pause quasi bienvenue est devenue, avec ses successeurs, une machine à foutre en l'air n'importe quel projet.

À mon avis le début de la solution pour contrer cette angoisse latente, c'est de ne pas renoncer à faire des projets. De rester, tant que faire se peut, dans l'idée que la vie reprendra. Parce qu'une chose est sûre, elle reprendra la vie. Elle reprend toujours. Elle en a connu d'autres, c'est pas quatre millions de morts qui l'arrêtent, elle a vu pire, bien pire, et après elle a repris.

Donc faire encore des projets, comme on se bat, comme on milite, avec courage, avec espoir, avec force. Des projets pour après. Des exemples ? tu veux des exemples je le sais, tu es un homme d'exemples.

Se marier,
faire un enfant,
changer de job,
se lancer dans la restauration, dans le tourisme, dans la musique, dans l'événementiel, dans le cinéma,
faire une énorme fête pour ses seize ans,
préparer un voyage au Mexique avec sa meilleure amie,
planifier le jour où on ira voir les séquoias géants de Californie,
préparer une tournée de Zéniths (de trente-huit Zéniths putain Fabien, ça aussi ça fera l'objet d'un autre courrier parce que quand même trente-huit Zéniths)
et donc partir à Abidjan écrire des chansons.

Pour conclure je te dirais que je suis navré mais malheureusement, écrire un livre de correspondance n'est pas à classer du côté des projets militants. Non, écrire des livres, comme refaire le carrelage de la cuisine, ou vider la cave, ça, c'est des projets de confinés.

Il nous faut un projet militant du monde d'après Fabien. C'est la raison pour laquelle je te propose solennellement qu'en parallèle de cette correspondance, on cherche un bar à acquérir.

La vie reprendra.
Elle reprend déjà.

## Fabien à Ben

Chez moi

Cher Ben,

C'est la première fois que tu m'écris sur la pandémie mondiale (j'aime beaucoup ce terme).

Dans nos lettres jusqu'ici on s'est parlé de génies, des Victoires de la musique, d'histoires d'amour, des enfants, des thèmes de nos chansons… Bref, on a fait presque comme si le Covid n'existait pas. (Oui, j'ai dit LE Covid. Je ne comprends pas pourquoi ce serait devenu une meuf au bout de quelques mois.)

Mais on est en 2021, et en 2021 on ne fait pas longtemps comme si le Covid n'existait pas. En 2021, on vit au rythme de l'évolution des courbes du nombre de nouveaux cas positifs, du nombre de personnes en réanimation, du nombre de morts, du nombre de doses de vaccins disponibles, de personnes vaccinées. On vit dans l'attente des nouvelles restrictions sanitaires, de la conférence de presse de Castex jeudi à 18 heures, de l'élocution de Macron à 20 heures. Et ça fait un an que ça dure.

À l'heure où je t'écris, plus que jamais on est en sursis. Toutes les mauvaises courbes sont à la hausse, les directeurs d'hôpitaux hurlent à la saturation et Macron parle dans quelques heures. Fermeture des écoles, retour à un confinement absolu, tout est possible. Dans quelques heures, le Président va parler et va démonter toute notre organisation, toute notre petite logistique familiale : le week-end de Pâques, les projets de taf, la garde des enfants, les vacances. Jamais les décisions des hommes politiques n'ont eu autant d'impact direct dans nos vies. Je ne peux m'empêcher de penser que, même si la situation est compliquée pour tout le monde, notre cher président prend un malin petit plaisir à savoir que soixante millions de Français sont pendus à ses lèvres et qu'une petite poignée de ses phrases va conditionner intégralement nos prochaines semaines.

Alors tu as raison, face à tant de sursis et d'incertitude, plus que jamais il nous faut des projets, des projets d'après. C'est frustrant parce que cet « après », on n'a pas la date, mais on y travaille quand même, ça aide à patienter. Et plus le temps passe, et plus on dompte ce temps d'attente. La patience est un art qui s'apprend patiemment.

Moi j'ai de la chance, des projets j'en ai pas mal ; des projets familiaux ou professionnels à plus ou moins long terme.

Évidemment mon grand projet de taf, c'est cette tournée qu'on aurait dû commencer il y a six mois et qui ne commencera que dans… bah oui voilà, on ne sait pas. Cette tournée qui devra passer par des théâtres, des festivals en plein air et des Zéniths. Cette tournée demande beaucoup de préparation et ça aide drôlement à patienter : un déroulé de spectacle à écrire, des arrangements musicaux, une création scénographique, une création lumière, un tournage de film court pour les écrans qui seront sur scène, des répétitions, une résidence… Il y a plein de gens et de métiers différents à coordonner au sein d'un même projet, c'est passionnant. C'est excitant.

Évidemment toute l'équipe imagine, se projette. On a tous hâte d'y être. Hâte d'entendre le brouhaha du public qui s'installe, hâte de voir et d'entendre le moment où la salle s'éteint et où les spectateurs crient. Ce premier « noir salle » qu'on attend depuis plus d'un an. Et puis l'entrée en scène, le trac, l'adrénaline, et puis les premières notes, les premiers sons au micro, les premiers regards des spectateurs, les premiers sourires, et puis l'aspiration, l'élan, la chaleur ; cette chaleur du public inexplicable, cet échange presque tangible, ce partage incomparable. On leur donne des mots, des histoires, on leur tend des émotions, le public les prend et nous les rend avec la même force.

Et puis il y a aussi tout ce qui se passe avant et après et que le public ne connaît pas.

L'arrivée du TourBus au petit matin sur un grand parking de Zénith ou dans une ruelle derrière un théâtre ; les dernières manœuvres du bus qui galère à se garer et qui te secoue sous ta couette ; la sortie du bus en équipe dispersée, en survêt, les baskets pas lacées, les yeux éclatés ; le petit-déj de la salle qui t'accueille ; l'équipe technique qui attaque déjà le montage de la scène ; la salle vide, les gradins silencieux qui t'observent ; et puis le deuxième réveil, la douche ; la recherche d'un café chaleureux dans le centre-ville le plus proche ; la bouffe, les allers-retours au TourBus pour réussir une vanne ou tenter une sieste, les squats en loges avec Jean-Rachid, Milan et les musiciens ; la petite interview de la presse locale ; et puis cet instant précis où je me dis que ce serait l'occasion d'écrire un peu mais les premiers coups de caisse claire retentissent déjà au loin, les premiers branchements, les premiers accords de piano et de guitare qui m'appellent ; les balances, jauger la salle, sentir le son et l'espace ; le dîner de 19 heures en équipe, trop tôt mais léger pour ne pas être trop lourd ; la concentration en solo vingt minutes avant le début du show ; et puis l'après concert, le petit rhum de sortie de scène, les dédicaces dans le hall, les sourires et les bravos de tous ces inconnus qui me connaissent si bien ; et puis le retour au TourBus avec nos valises et un poste qui lâche du Jul, le cinquième repas arrosé, Tristan qui prend les platines, les vannes et les rires dans notre salon qui roule à 120 km/h ; l'arrêt pour les fumeurs à une station-service au milieu de la nuit et au milieu de nulle part, la dernière bière avant de se coucher, les derniers éclats de rire et les dernières insultes de Milan avant de remonter dans ma chambre ; le ronron du moteur et les secousses du bus qui s'allient à la fatigue pour me pousser dans le sommeil en moins de deux minutes ; et puis les dernières manœuvres du bus qui galère à se garer et qui te secoue sous ta couette ; la sortie du bus en équipe dispersée, en survêt, les baskets pas lacées...

Je savais déjà que la scène était largement l'aspect préféré de notre métier, mais cette période d'attente me le confirme un peu plus chaque jour.

Je sais que la vie reprendra. La tournée aussi. Moi il est là mon projet, il est sûrement un peu égoïste et pas très militant, mais c'est à lui que je m'accroche.

Alors pour ouvrir un bar ensemble... C'est oui Ben, mais après la tournée.

## Ben à Fabien

Rue Marcadet, Paris XVIII^e^

Parfois quand je retrouve des gens, n'importe quels gens, la famille, les amis, les collègues, les voisins, je chronomètre le temps qu'on passe à parler d'autre chose avant d'embrayer sur la pandémie. C'est jamais très long. Deux minutes le plus souvent, parfois cinq.

Entre les conséquences sur chacun, les projections que l'on fait, les mesures sanitaires fiables ou pas fiables, et les manières de s'adapter, ça nous donne des sujets de conversation sans fin.

Attention, moi j'adore les sujets de conversation, les lancer, les soutenir, les animer, les développer, qu'ils soient fertiles, qu'ils déclenchent des débats, qu'ils provoquent des récits, des anecdotes poignantes ou drôles. (Je préfère drôles, pour moi le poignant est trop personnel pour être raconté ailleurs que sur une scène, sur un album, ou dans un livre. C'est paradoxal, c'est vrai, mais j'ai tendance à penser que tu es un peu de cette école aussi.)

J'adore les sujets de conversation parce que j'adore la conversation. Mais celle-là, j'en peux plus, elle me fatigue, elle m'abat, elle m'use, elle fait tout le contraire de d'habitude.

Alors s'écrire huit lettres sans aborder le sujet, c'est un exploit. C'est bien. Et ça m'étonne pas.

Chez toi – enfin quand je dis chez toi – je parle de ton bureau rue de la Folie-Méricourt, là où sont les fameux Milan, Minos, Arnaud, Jean-Rachid, Caroline, et souvent fourrés Soufiane, Booder et moi. Dans cet endroit où on invente, on projette, on rit, on écrit, on mange, on parle, il est rarement question de désespoir, de peine, ou d'abattement. C'est la force de cette équipe qui t'entoure, leur faculté de réjouissance, qui, encore plus à cette heure, est une forme de résistance.

Je vous admire pour ça, je vous aime pour ça. Vous êtes des résistants de la morosité, des combattants réjouis du quotidien.

Je pense aussi que tu as une corde à ton arc bien utile en cette période incertaine : tu t'adaptes. Tu sais faire ça, t'adapter. Tu en parles tant et plus dans ton premier livre, *Patients*, qui deviendra un long-métrage, dont le titre de la BO s'appelle quand même « l'espoir adapté ». C'est ton domaine d'expertise, ton talent, ton jardin.

Par ailleurs, cette conjoncture ne fait pas la part belle à la caste des organisés c'est un fait. À ceux qui ont payé leur billet de train trente-quatre euros pour venir à Nice parce qu'ils s'y sont pris bien à l'avance, ceux qui pensent toujours au goûter dans le cartable de leur gosse les jours de piscine, ceux qui à l'école avaient des copies doubles, des œillets, des intercalaires, des stylos qui fonctionnent. D'habitude, ils sont plutôt gâtés, mais là pour eux c'est la débandade. En revanche, pour ceux qui ont l'habitude d'improviser, dont tu fais clairement partie, la période ne cause pas tant de préjudices, les cartes sont rebattues. Et ça fait plaisir.

Enfin plaisir.

J'aime bien quand tu me parles de tournée. Déjà parce que j'ai eu la chance de faire quelques dates avec toi et les souvenirs que j'en ai sont magnifiques. Et puis aussi parce que la vie sur la route, c'est si singulier, si formidable, si fort, que ça fait plaisir de le partager, entre collègues en somme. Et puis y a ton tour bus. Ah là là, Fabien et son tour bus… Je pense qu'on devrait en faire un livre pour enfant. Tu sais comme *La tractopelle d'Axel*, *Le tracteur de Peter*, ou *Le camion de Simon*.

Pour le bar, je me réjouis que tu acceptes. Inutile de trop s'organiser, de trop prévoir. On s'adaptera. Et on improvisera.

Fabien part en tournée avec son tourbus
et il emmène toujours des amis.

Il joue de la musique le soir avec
son équipe.

Il discute avec le public après le spectacle, il signe des autographes, il prend des photos.

Puis il repart, dans le tour bus, pour filer de nuit vers une nouvelle ville, comme dans les cirques.

Le lendemain, arrive sur le lieu du spectacle, Fabien se réveille, c'est reparti pour une nouvelle aventure! C'est la routine inouie de son métier merveilleux.

# Fabien à Ben

Bureau de Prod, Paris XI^e^

Cher Ben,

J'ai lu ta dernière lettre juste avant d'aller au bureau. Ça peut paraître très étrange de ma part « d'aller au bureau ». Cette expression résonne de manière plus crédible dans la bouche d'un comptable, d'une DRH, d'un secrétaire ou d'une cadre supérieure. Dans la bouche de quelqu'un qui fait des chansons et des tournées, c'est un peu chelou. Et pourtant oui, j'ai un bureau… Enfin, on a des bureaux. Avec la petite équipe de mon label indépendant, avec la petite équipe de nos boîtes de prod, on se partage deux ou trois bureaux vitrés et une salle de réunion où on ne va jamais. On y prépare la sortie de mes albums, les tournées, on y écrit nos films avec Minos, et puis quelques projets ponctuels.

Et surtout, comme tu l'as dit, on y rigole beaucoup et on reçoit pas mal les potes. Rachid Taxi qui passe de temps en temps appelle nos bureaux « le local ». Ce n'est même pas une vanne. Il me demande parfois très sérieusement : « Tu seras au local cette semaine ? » Et c'est vrai que notre bureau ressemble le plus souvent à un local d'une antenne du service Jeunesse de la mairie de Saint-Denis.

Ce local, j'y vais quasiment tous les jours si je ne suis pas en tournée ou en promo.

En arrivant ce matin, j'ai eu envie de lire à mon équipe le passage sur eux et sur notre local. Il y avait Caro, Milan, Jean-Rachid, Lætitia et Kiki. Ils ont été très touchés. Moi aussi. Il n'y a pas eu de vanne. C'est rare.

Tu as raison et tu as trouvé une belle formule. Dans cette équipe, il y a en effet une forte « faculté de réjouissance ». Il nous en faut beaucoup pour nous casser le moral et très peu pour nous mettre en joie. Il y a de gros chambreurs, peu d'ego, peu de susceptibilité. On a tous des parcours assez atypiques et très peu ont fait des études. Minos a appris tout seul à faire du montage et à être réalisateur sur une caméra volée par son père (cambrioleur de métier). Caro a touché à plein de petits boulots qui l'ont amenée à savoir tout faire dans le milieu des tournées et de la prod. Elle avait décidé de se reconvertir dans tout autre chose au moment où on l'a rencontrée. Milan avait juste travaillé à la chaîne chez Renault après avoir arrêté l'école en seconde. Et Jean-Rachid (mon producteur depuis le début) a abandonné l'école après avoir fait deux CM1, deux CM2, et trois cinquièmes. Moi, je voulais être basketteur, ou prof de sport… Raté. Aujourd'hui c'est avec cette équipe de bras cassés géniaux qu'on se retrouve au local pour faire des albums et des films entre deux chambrettes.

Je parle souvent du sens du collectif, je dirais même de mon amour du collectif. Ce n'est pas exagéré, ce n'est pas de la démagogie. À part au moment où j'écris un texte, je ne conçois pas de travailler seul. Je suis un partisan de l'émulation, de la complémentarité, de la synergie. « Si tu veux en tester un, si tu en tues un, protège ton dos, il en reste un. » (Je sais que t'as la réf.)

Ah oui, et aussi, je suis assez d'accord quand tu écris que « le poignant est trop personnel pour être raconté ailleurs que sur scène… ». En tout cas je comprends. Je veux revenir là-dessus, mais dans ma prochaine lettre, parce que là au local, c'est l'heure de l'apéro.

## Au bowling
### Grand Corps Malade

*Avec tous les collègues, ce soir c'est le grand soir*
*On ne dîne pas chez nous, on va même rentrer tard*
*Tous ensemble après la réunion marketing*
*On va décompresser, c'est la soirée bowling*
*Les hommes contre les femmes, ce soir c'est la revanche*
*Le mois dernier elles ont gagné la première manche*
*La pression est intense, je sens monter le trac*
*J'espère bien que Clémence nous fera moins de strikes*
*Un hot-dog, une despé, et nous voilà parés*
*Moi j'ai mis en despee, les pompes au bout carré*
*L'intérêt de ces chaussures n'a jamais été net*
*Un mix de pompes de clown et d'chaussures de claquettes*

*Ce soir on a du bol, isolés dans la bulle*
*La soirée sera belle, à nous lancer des boules*
*Ce soir on défait l'col, on enlève les pulls*
*On monte les décibels, On s'défie on s'défoule*

*Mais me voilà déjà à lancer la boule noire*
*Elle glisse dans la rigole, alors tout le monde se marre*
*Les filles me charrient fort mais Sam va les faire taire*
*On revient vite au score, il réalise un spare*
*Et puis c'est à Clémence de jouer et de tirer*
*Alors c'est aux garçons de devoir transpirer*
*Sa boule avance sereine, un frisson nous traverse*
*Quand l'ensemble des quilles tombe à la renverse*
*Et puis de rires en cris, la soirée s'accélère*
*Et comme le mois dernier, les filles nous battent sévère*
*On trinque à leur victoire, on joue les bons perdants*
*Mais on est bien tricards, ça s'voit qu'on serre les dents*

*Ce soir on a du bol, isolés dans la bulle*
*La soirée sera belle, à nous lancer des boules*
*Ce soir on défait l'col, on enlève les pulls*
*On monte les décibels, On s'défie on s'défoule*

*Demain il fera jour, demain on va taffer*
*Ça va chambrer pas mal à la machine à café*
*Le taf et ses soucis vont vite nous rattraper*
*Quoi de mieux qu'un bowling pour vraiment s'échapper*
*Vivement qu'on y retourne, dans cette ambiance de fête*
*Avec les potes on va s'entraîner en cachette*
*Pour gagner et avoir enfin un vrai sourire*
*J'espère que cette fois, Clémence pourra pas venir.*

## Fabien à Ben

Chez moi

Cher Ben,

Tu penses que le poignant est « trop personnel pour être raconté ailleurs que sur scène, sur un album, ou dans un livre ». En gros, les choses graves, tristes, émouvantes ou sentimentales sont trop intimes pour être exposées dans un cadre privé, et donc tu as l'impression que c'est plus facile de les livrer à des milliers d'inconnus. En effet c'est paradoxal, mais je comprends et comme tu dis, je suis un peu de cette école-là.

Dans la vie de tous les jours, avec mes proches, je ne me confie pas beaucoup. Je ne livre pas mes états d'âme. Peut-être que c'est de la pudeur, peut-être que je n'en ai pas besoin. Pourtant quand j'ai commencé à écrire des textes, j'ai naturellement abordé des thèmes perso assez graves (tu auras remarqué que mon parcours s'y prête bien). J'ai eu à ma grande surprise de bonnes facilités à aller vers ce que tu appelles « le poignant », comme si ça me rassurait de me cacher derrière les rimes, comme si je profitais de la Forme pour affronter ce Fond douloureux que j'esquive plus ou moins consciemment dans les discussions du quotidien.

Évidemment, le Poignant ça marche. À condition que ce soit écrit et livré avec un minimum de sincérité et de subtilité, le public aime bien parce qu'il se reconnaît. Ça le renvoie à son propre poignant. On le sait depuis longtemps, ce sont les textes les plus personnels qui ont l'écho le plus universel. À partir de là, moi sur ce genre de thème, je cherche l'équilibre entre le personnel et l'intime. Je cherche le subtil dosage entre me livrer sincèrement et ne pas trop me dévoiler, être à livre ouvert mais tout en pudeur. Je ne sais pas si j'y arrive tout le temps mais cet équilibre est une priorité.

Par exemple quand je chante ma chanson *Dimanche soir*, le public entend que je suis avec ma femme depuis dix ans, il comprend que l'amour est toujours aussi intense mais je raconte juste à ma façon, avec mes formules des sentiments qui peuvent traverser tout le monde. Je veux que les gens se reconnaissent à travers ces sentiments mais qu'à la fin de la chanson, ils ne sachent toujours rien de ma vie privée avec ma femme.

Toi qui es pour moi le Federer de la chanson d'amour, le Jordan des dédales sentimentaux, toi qui en peu de temps as déjà chanté l'amour à chaque âge de la vie et à chaque étape de la passion, j'avoue que ça m'intéresserait de savoir comment tu jauges cet équilibre entre sphère privée et sentiment universel.

J'en profite pour te dire que depuis la sortie de ton dernier album *Paradis*, je ne compte plus les déclarations d'amour et les demandes en mariage que je reçois pour toi. Plus jeune que Bruel, plus intello que Vianney, plus roux que Kendji, entre ta belle gueule, tes talents d'auteur/compositeur/interprète, tes épaules rentrées et ton côté père divorcé fragile, tu es certainement l'un des chanteurs les plus cotés du moment.

## Ben à Fabien

Rue Marcadet, Paris XVIII^e^

Si j'avais eu, moi aussi, comme priorité « le subtil dosage entre me livrer sincèrement et ne pas trop me dévoiler, être à livre ouvert mais tout en pudeur » je ne serais peut-être pas divorcé aujourd'hui. Mais peut-être que je ne serais pas chanteur du tout. Tu dis que le poignant n'a d'écho que s'il est livré avec un minimum de sincérité. Je pense que c'est un maximum de sincérité qui est la clé.

Si je devais avoir une recette, une méthode, je dirais que je puise dans mes émotions celles que je peux partager, celles qui sont potentiellement sinon universelles, au moins un peu communes, et j'écris dessus, sans me soucier de ce que ça va révéler de ma vie privée, et c'est sûrement ça qui est dangereux.

Mais je garantis que le propos est toujours l'hommage, jamais il ne condamne, jamais il ne rabaisse, alors je me permets de le livrer. Je n'ai pas forcément raison, je pense même que j'ai tort, mais je vois dans ce procédé une forme de dévouement artistique. Une raison de se sentir digne. Je ne suis pas sûr que mon entourage partage cet avis. Lolita Séchan disait à propos des artistes, à commencer par son père, qu'ils sont des vampires. Je comprends qu'ils aspirent une substance vitale. Je pense que c'est possible. Et quand je te vois faire, je me dis qu'on peut s'en protéger. Il suffit d'avoir comme priorité « le subtil dosage entre me livrer sincèrement et ne pas trop me dévoiler, être à livre ouvert mais tout en pudeur ».

Tu ne sais pas si tu y arrives.

Tu y arrives, et c'est une bonne raison de te sentir digne.

## Ben à Fabien

Dans le métro ligne 2, Paris

J'ai plein de groupes WhatsApp.

On a tous plein de groupes WhatsApp.

J'ai un groupe qui s'appelle « Nous 3 » avec mes deux meilleurs amis, un qui s'appelle « Bros » avec aussi mes deux meilleurs amis mais d'autres, un qui s'appelle « Dawson » avec mon groupe d'amis du lycée, un autre qui s'appelle « 3ple H » avec mes amis de la fac, celui des amis d'après la fac s'appelle « QLF », j'ai aussi un sous-groupe de « QLF » avec ceux qui sont toujours partants pour sortir qui s'appelle « Switch » je sais pas pourquoi il s'appelle « Switch » je me souviens plus.

J'ai un groupe de famille avec mes cousins etc. qui s'appelle « Bete de mif » (je réalise seulement, en t'écrivant cette lettre, combien les noms de mes groupes WhatsApp sont vraiment ridicules), un groupe de famille avec mes parents, mes sœurs et leurs mecs qui s'appelle « Le fil rouge », un autre avec le fil rouge + les petits-enfants, et puis un sous-groupe avec juste mes sœurs et mon père qui s'appelle « Nous 4 » (à ne pas confondre avec « Nous 3 » qui est avec mes meilleurs amis). J'ai un autre sous-groupe de famille avec juste mes sœurs qui s'appelle « Frères et sœurs ».

Et le plus petit de mes sous-groupes de famille c'est celui que j'ai avec mon ex-femme, qui s'appelle « Cahier de correspondance », et un jour il faudra que je comprenne pourquoi on a créé un groupe de deux, puisque ça s'appelle tout simplement une conversation.

Ensuite il y a le groupe des voisins qui s'appelle « Ménilmontant », le groupe des parents du foot qui s'appelle « U9 Lloris », le groupe du taf qui s'appelle « Ben/projet », le groupe de la tournée qui s'appelle « L'armée », et c'est à peu près tout pour les groupes permanents.

Ensuite j'ai les groupes éphémères, au rang desquels trônent les groupes d'anniversaire, dont une vingtaine s'appellent « les 40 ans de... ».

Il y a aussi les groupes auxquels j'appartiens plus mais que je n'ai pas envie de quitter parce que lire leurs conversations, ça me fait du bien. Par exemple le groupe qui s'appelle « Le tour du plan B », qui est ton groupe de tournée, auquel j'ai été ajouté la fois où j'ai fait une semaine de dates avec toi, et duquel je ne suis jamais parti parce que j'aime bien vous lire, c'est joyeux. Et puis il y a le groupe du basket du mardi soir à La Réunion. Maintenant que je vis à 12 000 km, j'adore lire les détails de cette vie quotidienne que j'ai connue. Tellement douce. « Qui sera dispo mardi prochain ? Est-ce qu'il pleut aux Avirons, parce qu'à Saint-Leu c'est le bouillon. Est-ce que certains seraient dispo dimanche pour un tournoi à Saint-Paul ? » J'ai l'impression de continuer à appartenir.

Je dois dire que j'aime bien les conversations WhatsApp. Ça peut être très drôle. J'ai eu des fous rires magnifiques par WhatsApp. Tiens j'ai le souvenir d'une conversation avec mon ami Vincent à propos d'un dîner de Noël que j'organisais chez moi, celle-là je la garde précieusement parce qu'elle ne s'use pas. À chaque fois que je la relis, je me marre.

Attends je te la mets là :

***Mardi 17 décembre à 10:04***

Ben : Yo, si t'as une grande planche
à découper tu pourras
l'apporter vendredi ?

Vincent : Genre quelle taille
Vincent : Une table ?

Ben : La plus grande que t'as
Ben : Voire même petite
c'est bien aussi

Vincent : ça be tte pratique à vélo
Vincent : je vais regarder

Ben : Prends toutes tes planches
en bois stp et dis-moi
combien t'en as

***Mercredi 18 décembre à 13:04***

Vincent : Je regarde ce soir

***Jeudi 19 décembre à 09:55***

Ben : Reminder : Planche
à découper pour demain

Vincent : Pas oublié mec
Vincent : Je regarde ce soir
Vincent : J'avais escalade hier ☺

***Jeudi 19 décembre à 22:22***

Vincent : Bon g des tréteaux

Ben : Des tréteaux?

Vincent : Mais pas de table

Ben : PLANCHE A DECOUPER
NOM DE DIEU

Vincent : Pour faire une table
ou des étagères?

Ben : Pour couper la viande
ou les légumes

Vincent : Ha
Vincent : G ça
Vincent : Un gros morceau
de chaîne brute
Vincent : Chêne

Ben : (4 images de planches
à découper envoyées)
Ben : Fucking planche
à découper
Ben : Quel tréteau

Vincent : G ça

Ben : T'es fou toi

Vincent : J'avais rien compris

Ben : Et oui

Vincent : Ok easy

Ben : Pourtant j'ai remonté
la conversation et c'est écrit
partout planche à découper

Vincent : Mitaine t'as raison
Vincent : Putain
Vincent : Suis parti
dans le délire de table en plus

Ben : A mon avis y'a
qu'une seule explication
Ben : c'est que t'es
complètement con
Ben : Je vois que ça

Vincent : T'as raison mec

Ben : HAHAHAHAHHAA

Sur WhatsApp il y a aussi quelques particularités étonnantes. La première c'est cette possibilité de supprimer ton message, mais à la condition de préciser à ton interlocuteur que tu l'as supprimé. OK pour effacer, mais il faut prévenir tout le monde. Étrange règle que celle-ci. À l'oral, ça correspond à ces gens qui te disent quelque chose que tu n'entends pas suffisamment, à qui tu demandes de répéter, et qui te répondent « non non, rien ».

Dans ce cas, j'ai encore plus envie de savoir. Moi, quand je lis « message supprimé », j'ai toujours envie de répondre : « Oh mais si, allez, ose, c'est pas grave, tu l'as pensé de toute façon alors vas-y, il faut que t'aies le courage de le dire, on va pas te juger, de toute façon là ça y est, t'en as trop dit ou pas assez. » Alors que parfois c'est juste une faute d'orthographe, une blague pas très drôle, ou une info erronée.

Et puis il y a la mention « écrit » pendant que l'autre écrit. J'aime pas ça. Parce que ça m'arrive souvent de me prendre la tête un quart d'heure sur une réponse, d'écrire, de réécrire – et mon interlocuteur imagine un roman – pour finalement trouver qu'un « OK à demain » sera suffisant.

Il arrive d'écrire en parallèle. D'être ensemble dans plusieurs conversations. Là, il faut faire attention à ne pas se tromper de destinataire.

Quelqu'un qui se trompe de sous-groupe et qui envoie un message exactement à qui il ne faut pas, Vincent l'a fait, évidemment. Une fête qu'on organisait pour un anniversaire. Quelqu'un demande si Joanna (la femme de Vincent) sera présente à l'anniversaire écrivant ceci :

« Est-ce que Joanna sera là ? »

Manifestement cette personne n'avait pas remarqué que Joanna faisait partie de ce groupe, autrement elle aurait écrit « Joanna, est-ce que tu seras là ? ». Ce qui a probablement induit Vincent en erreur, qui a répondu, décontracté : « J'espère bien que ma connasse de future ex-femme sera indispo mais je vous tiens au courant. »

Étrange sentiment que de lire, à la suite de ce message, écrit en petit :

« Joanna est parti(e). »

## Fabien à Ben

En week-end en Normandie

Cher Ben,

Moi aussi j'ai toujours trouvé ça très bizarre sur WhatsApp la petite précision « message supprimé ». À quel moment le mec qui a mis au point cette application s'est dit : « Écoute-moi bien petite baltringue, tu auras le droit de supprimer des messages si tu as estimé qu'ils n'étaient pas à propos, pas drôles ou mal écrits, mais il va falloir rendre des comptes ! Ne crois pas, petite merde que tu es, que tu vas tout effacer comme ça, comme si ça n'avait pas existé. Tu as écrit, tu assumes. Tu touches, tu payes. Et tu devras subir les messages privés hors du groupe qui te demandent, avides d'embrouilles : pourquoi t'as supprimé, t'avais dit quoi ? » Évidemment, pour agacer un peu les gens, j'écris souvent des messages juste pour les supprimer à la seconde.

Sinon, moi aussi j'ai des noms de groupes WhatsApp improbables : « La crème des tarbas » (un groupe de gros chambreurs), « La dream team » (un groupe de gros chambreurs composé à 80 % des mêmes chambreurs que dans La crème des tarbas), « Corsica Bara », « 50 nuances de rhum », « Bande de malpropres », « Pizzas froides », « Festo », « Famille Unie », « Foot U11 », « Benjamin Biolay » (un groupe de trois potes chanteurs que tu connais bien mais sans Benjamin Biolay), plus une multitude de groupes de taf, de projets ponctuels, de collaborations artistiques (oui je sors d'une période intense de duos), d'événements festifs passés…

Tu as dû remarquer aussi que de plus en plus de messages sur WhatsApp sont transmis en « vocal » plutôt qu'à l'écrit. Au début j'aimais pas trop, et puis moi aussi, je me surprends à en enregistrer de plus en plus. Mais jamais avec toi. Je sais que tu aimes trop l'écrit. Quoi qu'il en soit, WhatsApp a pris de plus en plus de places dans notre emploi du temps.

Et c'est pas le seul réseau…

En tant qu'artistes, nous savons que les réseaux sociaux sont devenus absolument indispensables. Tu es comme moi, tu n'as pas de « Community Manager » comme on dit en maison de disques. On gère tout seul, peut-être pas très bien, sûrement pas très efficacement, mais au moins nos comptes nous ressemblent, ce sont nos messages. Évidemment, on ne publie certainement pas assez de contenus. On essaie de se servir des réseaux avec subtilité. En ce qui te concerne, je dirais même avec élégance. Un post, une belle photo, un joli commentaire, tu fais ça très bien. Mais, on ne peut pas nier que nos réseaux deviennent petit à petit de vrais médias pour communiquer. On commence à être autosuffisants pour annoncer un nouveau titre, un clip, une sortie d'album, une tournée… donc, on a forcément un œil sur le nombre de followers. Et là aussi, on progresse mais on est loin d'être les plus forts.

Mon réseau préféré est certainement Instagram. C'est là où je suis le plus actif, mais j'essaie de ne pas négliger ce bon vieux Facebook où j'ai le plus de gens qui me suivent (mes « vieux », mes plus de cinquante ans), et j'essaie toujours un peu Twitter, et j'ai même depuis peu un compte TikTok. Oui… TikTok, pardon Ben, je te jure, je voulais pas, je m'étais dit « ça va un peu les conneries, j'ai déjà mis du temps à me mettre sur Insta (après tout le monde), je vais pas me rajouter TikTok », et puis on m'a prévenu qu'il y avait plein de gens qui reprenaient mes chansons, et puis je suis allé voir, et puis j'ai fait un message, et puis et puis, et puis j'ai TikTok.

Ben, promets-moi que si je me crée un compte Snapshot, tu me tires une balle dans la nuque.

On a besoin des réseaux, il paraît que c'est l'avenir, et moi j'aimerais bien continuer mon métier à l'avenir. C'est notre fardeau. C'est toi qui me l'as dit.

## Ben à Fabien

Au café L'Express, Ménilmontant, Paris XXe

En te lisant je réalise qu'il n'y a pas plus cruel indicateur que les réseaux sociaux, pour constater qu'on prend de l'âge. Avec les années, face à la technologie, on se rigidifie. On s'agace. On se braque. On refuse. C'est une marque du temps, comme les rides.

Et comme toi, je commence moi aussi à me rigidifier.

Je rage contre mon ordi lorsque les textos s'affichent dessus car il s'est synchronisé malgré moi avec mon téléphone. Je ne comprends pas l'intérêt de ces écouteurs sans fil, et pourtant j'en ai, qui coûtent le prix d'un vélo de course, qui se déchargent, qu'on perd, et qui se connectent eux aussi malgré moi à mon ordi pendant que je téléphone. Avant on ne pouvait pas perdre ses écouteurs car ils étaient reliés par un fil, ce même fil grâce auquel ils ne se déchargeaient jamais, et on n'avait pas besoin de systématiquement les ranger dans un écrin après chaque utilisation. Je ne vois pas où est le progrès.

Signe de rigidification liée à l'âge : ne pas voir où est le progrès.

Je ne sais pas me servir des trois quarts des fonctions de ces machines, mais je fais bien attention toutefois, comme les jeunes, à passer en moyenne six heures par jour sur mon téléphone.

J'ai abandonné MySpace pour Facebook, puis Facebook pour Twitter, puis Twitter pour Instagram. Entre-temps j'ai un peu essayé SoundCloud parce que j'ai compris que c'était cool, je n'ai jamais rien compris à Pinterest, je suis parfois content de faire le métier que je fais pour la seule et unique raison que je n'ai pas besoin d'utiliser LinkedIn, et si je regarde sobrement mes stats, le réseau social sur lequel je suis le plus présent en tant que chanteur c'est YouTube, mais on l'utilise, nous artistes, beaucoup plus comme une télé officielle. Finalement mon truc à moi aussi, c'est Instagram.

Je dois avouer que je suis heureux de vivre – comme tu dis – dans un monde où il est si simple de communiquer directement avec le public, sans le filtre des journalistes qui peuvent faire la pluie ou le beau temps sur ta carrière. Et je me languis du jour où je serai totalement autonome sur la question. Donc bien sûr moi aussi je surveille le nombre de gens qui me suivent. Et je vois qu'effectivement, en comparaison d'un(e) humoriste, d'un(e) rappeur(se) ou pire, d'un(e) influenceur(se) installé(e) à Dubaï, on pèse rien du tout.

S'il vous plaît, un instant, arrêtons le progrès, on est tous bien avec Instagram, tout le monde a capté comment ça marchait, on est nombreux à l'utiliser, ça fonctionne. On pourrait faire une petite pause dans l'évolution.

TikTok je peux pas, rien que le nom il me donne envie de me taper le front contre une poutre. Mais bon, si c'est pour la bonne cause…

(T'inquiète, je réagirai si un jour tu t'ouvres un compte Snapshot, mais ça devrait pas être demain la veille, étant donné que déjà, le nom c'est Snapchat.)

## Ben à Fabien

Salle Paul B, Massy

J - 4 avant de remonter sur scène.

2 ans 6 mois et 18 jours après mon dernier concert.

Pour certains c'est le rythme normal, entre deux albums, deux ans d'absence, mais pour moi c'est la première fois que c'est si long. J'ai commencé la musique par la scène et, en douze ans, je n'avais jamais arrêté plus de deux mois. Une tournée en chassait une autre, et c'était très bien comme ça. La moitié du temps sur la route et l'autre moitié à Paris. Ma vie pendant une décennie. J'exagère un peu quand je dis la moitié, disons le tiers de mon temps sur la route, et le reste à Paris. Enfin c'est le tiers qui compte, parce qu'il y a les week-ends. C'est pour ça que je dis moitié sans considérer que j'exagère trop.

Parfois on me demande si j'aime la scène, si c'est pour ça que je joue autant, les gens sont souvent curieux du rapport des artistes au spectacle. C'est une énergie si spéciale, et un mode de vie si singulier. Oui j'aime la scène. Mais pas par goût. Je n'aime pas la scène comme j'aime le gaspacho, le foot, les trajets seul en voiture, le printemps, ou les sentiers côtiers du Finistère.

Non, j'aime la scène parce que c'est une raison de vivre. Je crois que c'est au-delà de l'amour ou du bonheur, la raison de vivre. Alors retrouver une raison de vivre après 2 ans, 6 mois et 18 jours, c'est un sentiment mêlé d'excitation, d'impatience et de joie.

Dans ma prochaine lettre, tout aura commencé. On sera sur la route de l'été, des vacances, des barbecues, des colos pour les gosses, des jours si longs que les nuits commencent bien avant que le soleil se couche, des réunions familiales, amicales, et des festivals. J'espère que nos caravanes se croiseront, et qu'on aura la chance de boire une canette de bière tiède sur une table en plastique, entourés par des toilettes sèches et des Algeco blancs. À nous raconter les premières dates de ce qui sera, pour toi et pour moi, notre plus grande tournée.

## Fabien à Ben

Bureau de Prod, Paris XIe

Cher Ben,

Hier soir, j'ai assisté à mon premier concert depuis la réouverture des salles et des théâtres. Cette fois, je n'étais pas sur scène mais dans le public. Depuis que je fais des tournées, je ne vis plus les concerts dans le public de la même façon. J'ai toujours une petite appréhension/excitation quand la salle passe dans le noir et que le public crie sa satisfaction. Je ne peux m'empêcher de me mettre dans la peau du chanteur ou de la chanteuse à ce moment précis : la joie d'entendre le public réagir, la gorge un peu sèche, le trac qui finit son ascension… Pendant un concert, il y a d'autres instants assez courts où je me surprends à nouveau à imaginer ce que pense le chanteur. « Là ça y est, il kiffe de ouf »… ou alors « Ah tiens, là il est un peu en galère ». On peut peut-être appeler ça de la déformation professionnelle, mais heureusement, ça ne gâche rien. Dans l'ensemble, je parviens facilement à m'oublier et à profiter du spectacle.

Hier c'était le cas, je me suis projeté à la place du chanteur à deux ou trois reprises, mais le reste du temps, je me suis laissé porter. C'était un magnifique spectacle dans une ambiance bouillante. J'ai beaucoup ri, j'ai été ému et ma femme a pas mal pleuré. J'ai aimé les paroles, la musique, la mise en scène, les interventions entre les chansons (ce chanteur en fait beaucoup et ses petits speechs entre les chansons sont très écrits et très drôles). Et puis en plus, ce chanteur est vraiment « à livre ouvert », il se sert de sa vraie vie comme personne pour partager ses chansons ou pour nous emmener dans son quotidien lors de ses petits apartés. Je le sais parce que je connais assez bien sa vraie vie à ce chanteur. Tout près de moi, il y avait ses deux fils, et les voir chanter les paroles, réagir et rire de bon cœur aux histoires de leur papa était très émouvant.

Au rappel, le chanteur nous a fait un titre phare de son album précédent. Tout le public s'est mis à chanter avec lui. Alors le gars se taisait de temps en temps pour laisser seules les voix des spectateurs (à la Patrick Bruel), et ça c'est toujours hyper beau. En plus à ce moment-là, les gens dans la salle ont tous allumé et agité la lampe torche de leur téléphone (le briquet 2.0) pour accompagner la ballade. J'ai bien regardé le regard du chanteur et je me suis dit « là ça y est, il kiffe de ouf ».

Ce concert était humain, émouvant, drôle et élégant. Bravo Ben.

## Ben à Fabien

Le Tube, Seignosse

On est reparti. On a repris la route. On a remis l'enceinte dans le tour bus. On a recommencé. On a repris nos repères. La première chanson qui doit être réussie. Et la dernière aussi. Tu connais cette phrase de Johnny Hallyday : « Dans un concert, travaille ton entrée et ta sortie, entre les deux débrouille-toi comme tu peux. »

Notre entrée est réussie. Elle me plaît. On joue une chanson de tension, elle s'appelle « Quand je marche », elle parle de charge mentale, de tâches à accomplir, de tous ces « Il faut », tous ces « Je dois ». Elle me libère cette chanson parce que je crie cette rage d'oublier si souvent d'être heureux au profit d'être comme il faut. Et elle se termine par un « Salut » sur la musique qui tonne fort, et qui emporte les gens. Ils se lèvent aussi, dès le premier morceau. Parce que pour beaucoup c'est avant tout des retrouvailles. Ils se souviennent de ces émotions pas essentielles qui font le sel de l'existence. Ils revoient dès le premier morceau tous les moments de concert qui les ont transportés. Et, oui, merci la vie, cet énorme engouement, ce lâcher-prise total, ce flot d'amour et d'applaudissements, c'est sur moi que ça tombe. Alors je prends, chaque soir depuis treize concerts, ce torrent d'enthousiasme. Ébloui de voir que ces émotions, enfouies, oubliées, restreintes, s'éveillent à nouveau devant moi. Un rêve. Un vrai défi aussi car le rythme est d'une intensité folle.

Je ne t'ai pas écrit depuis longtemps. Je n'ai pas répondu à ton message à propos de mon concert, que tu as vu toi déjà, mais j'y reviendrai. Je ne t'ai pas écrit depuis longtemps car mon être tout entier était à la mise en place de cette nouvelle vie, et au contraire de toi, il semble qu'en tournée je sois mono tâche. Mais je compte sur demain pour te répondre et sur samedi pour venir te voir. Puisque ça fait trois tournées que je vois au minimum dix spectacles de toi. Et je trouve que c'est à la fois une bonne fréquence et une bonne habitude.

À demain.

# Ben à Fabien

## Dans le train

À vingt et un ans, Julien était amoureux de Léa, et c'était réciproque. Après un an à se fréquenter, ils avaient décidé d'emménager ensemble, c'était leur première fois. Et malgré quelques grincements liés à la cohabitation, ils filaient un bel amour. Et puis Léa a obtenu cette bourse pour aller étudier un an à l'université McGill à Montréal, Julien ne pouvait pas la suivre, à cause de ses études à lui, peut-être aussi parce qu'il n'en avait pas assez envie. Alors ils s'étaient promis de poursuivre leur relation malgré tout, de loin, mais quelques mois après le départ de Léa, il fallait l'accepter, la distance avait eu raison de leur couple, et ils s'étaient séparés.

À vingt-six ans Julien avait rencontré Lucie, dans un restaurant, parce qu'elle dînait avec sa sœur à la table d'à côté et que Julien avait cru reconnaître sa sœur mais en fait non. Ils avaient sympathisé, ils s'étaient revus, puis ils s'étaient mariés, ils avaient des enfants, une maison, et des projets de vacances enthousiasmants.

Ce vendredi, Julien était allé seul à un dîner de son groupe WhatsApp de lycée « Anciens combattants » et Léa les avait rejoints, elle était de passage en ville, son ami Martin qui était resté en contact avec elle lui avait proposé de passer et de « faire la surprise ».

En rentrant chez lui Julien n'avait pas trouvé le sommeil, il pensait à Léa, il se demandait s'il avait bien fait de ne pas la suivre à Montréal. Il se souvenait qu'à l'époque il était sincère, il n'avait pas eu envie, l'Amérique ne l'avait jamais attiré, il aimait sa vie ici, ses études, ses amis.

Ça n'était pas par manque de courage.

Mais il serait toujours amoureux de Léa, ça ne faisait aucun doute dans son esprit. Et même s'il ne regrettait pas ses choix, il savait qu'il lui aurait suffi de peu pour qu'il plaque tout pour la suivre.

À l'image de Julien qui retrouve Léa, nous avons retrouvé *la scène*, cette ex qu'on a jamais cessé d'aimer.

On avait réussi à vivre sans, on s'était attaché à d'autres disciplines, on croyait que ça allait bien, puis il a suffi qu'elle revienne dans nos vies pour tout remettre une nouvelle fois en question. Nous n'avions jamais voulu la quitter *la scène*, mais il fallait nous comprendre. Il y avait eu le confinement, il avait fallu s'occuper, nous ne pouvions pas seulement nous asseoir et l'attendre sagement… Note que *la scène*, c'est pas une jalouse, et si tu veux écrire un livre en même temps que la tournée, elle ne te dira jamais : « C'est le bouquin ou moi, mais il faut choisir là. »

Mais la voilà de retour *la scène* et comme ça fait un mois qu'on s'est pas écrit, on peut en déduire qu'on lui a fait la place qu'elle mérite dans nos vies respectives.

## Fabien à Ben

Sud de la France

Cher Ben,

C'est vrai qu'elle n'est pas jalouse *la scène*, elle n'a jamais été exclusive, elle accepte volontiers de nous partager avec un projet de livre ou un projet de film. Mais elle parle fort *la scène*, elle est grande, elle est belle, elle nous en met plein les yeux et les oreilles. Alors on retombe sous son charme en un claquement de doigts, aidée par sa grande sœur : *la route*. Elle est magnifique aussi *la route*. Elle est intrigante et infinie. Elle nous enlève à notre vraie vie, elle nous secoue, elle nous interdit toute routine, nous dépayse. En proposant des nouveaux lieux, elle réinvente le temps.

Eh oui Ben, le binôme des sœurs séductrices nous a enlevés depuis un mois et demi. Elles ne sont pas exclusives sauf que pour le coup, on leur a tout donné : notre temps, notre énergie, notre créativité, nos rires, nos larmes (t'as pleuré toi ? Moi non, tu connais… les larmes coulent à l'intérieur). Pour moi cette reprise des concerts était un tourbillon. Un mois et demi d'émotion, de musique, de rires, de cris, de chants et d'applaudissements. Quand je me retourne sur cette période de festivals, je vois un montage à cent à l'heure d'images gaies et colorées sur une musique dansante.

Mais ne t'inquiète pas. Ces retrouvailles avec *la scène* et *la route*, c'était comme un nouveau début d'histoire. Et un début d'histoire, évidemment ça prend toute la place ! On va bientôt pouvoir composer à nouveau avec les deux séductrices pour reprendre en parallèle une vie à peu près normale. Et dans cette vie normale, j'adore ce projet de livre. Et j'y crois. Pour l'instant c'est presque étonnant de se dire que nos petits échanges un peu irréguliers, un peu décousus et un peu autocentrés, peuvent donner un livre intéressant pour les gens. Avec un peu de patience, d'imagination et de conseils d'un éditeur affûté, je suis sûr que ça peut chémar et que les gens auront du plaisir à lire nos conneries.

Et puis il ne faut jamais perdre de vue qu'on est des gens nous aussi. Des gens avec un métier particulier mais des gens quand même. Alors notre quotidien, nos envies, nos doutes, nos craintes et nos joies, ça leur parlera. Préparez-vous, Chers Gens, et sachez que dans ce livre, on va quand même assez souvent revenir sur ce thème de *la scène*.

Parce qu'elle parle fort *la scène*, et qu'elle habite justement notre quotidien.

## Ben à Fabien

Ménilmontant, Paris XXe

Aujourd'hui c'était la rentrée des classes.

Comme on a commencé à se parler à la fin de l'hiver, on a vu passer le printemps, puis l'été, et nous voilà les deux pieds dans l'automne. Alors non, les arbres ne jaunissent pas encore, les feuilles ne tombent pas et le soleil est encore très présent. Mais c'était la rentrée, et pour moi la rentrée, c'est le jour de l'automne, le vrai.

Le 21 septembre c'est pour les scientifiques et les rigoureux, qui sont souvent les mêmes. Mais pour nous les émotifs, l'automne, c'est là, quand on reprend l'école. À partir de maintenant chaque beau jour sera béni, comme une dernière salve orgueilleuse de l'été qui se meurt. Puis les semaines passeront pacifiquement, jusqu'en octobre, alors nous commencerons à accepter la nuit et le froid, à les traiter comme des alliés, et nous irons dans le sens de la neige, des plats gratinés, de Noël qui arrive et du nouvel an qu'on va certainement encore un peu foirer comme chaque année.

Aujourd'hui c'était la rentrée donc, et on s'est vus, pour déjeuner, avec Gaël Faye, comme des collègues. On a parlé de nos albums, de nos concerts à venir, de nos méthodes pour les aborder. Vous avez discuté de vos films, puisque vous avez fait des films, et moi je vous ai écoutés.

Plusieurs fois pendant ce repas je me suis senti assailli par une forme d'euphorie tant le moment me paraissait inouï. Parler de créations avec des créateurs, et me sentir appartenir à leur monde, s'échanger des ficelles, des anecdotes, des manqués, des victoires, des échecs, c'est un sentiment exceptionnel.

## Ben à Fabien

Entre Paris et Lyon

Je suis dans le train, j'ai acheté des journaux, c'est très rare. Je viens de lire que statistiquement, les adultes qui ont été en échec scolaire votent moins que les autres, voire pas du tout, et qu'ils se méfient globalement de toutes les institutions. Il y a parmi eux de grands artistes, de grands entrepreneurs, de grands artisans, de grandes gens. Alors c'est dommage de se passer d'eux plus tard quand il s'agit de participer à ce qui fait de nous un peuple.

Ça veut dire que l'école, autant que d'être le lieu de l'instruction, est celui de la citoyenneté. Et lorsqu'elle échoue dans un domaine, elle renonce aux deux.

Nous avons, toi et moi, dans notre entourage, quelques collègues qui réussissent leur vie d'adulte, qui s'épanouissent, qui ont trouvé leur place, que l'école avait exclus. L'article dit que ceux-là ne se présentent jamais aux élections. C'est bien dommage de ne pas profiter de leur savoir-faire, de leur différence, de leur façon d'être, pour faire société.

Qu'est-ce qu'il en dit, l'auteur de *La Vie scolaire* ?

## Fabien à Ben

Chez moi

Ah l'école… vaste sujet mon Cher Ben Mazué.

Je pourrais t'en parler des heures avec autant de convictions que d'incertitudes, autant de lucidité que de naïveté. L'article que tu as lu me semble livrer une lecture claire et clairvoyante : les élèves en échec donneront des citoyens non investis.

Comment pourrait-il en être autrement ? Le premier lieu officiel que rencontre un enfant, le premier lien qui se noue entre une institution extérieure au cercle familial et lui, c'est l'école. Alors si ce premier contact est complexe, stressant, violent, si le premier endroit où un enfant apprend à vivre en société s'avère un terrain d'échec et d'appréhension, ce n'est pas étonnant qu'il éloigne cet individu d'une vie de citoyen investi, et qu'il crée une méfiance rédhibitoire vis-à-vis des institutions en général.

Nous ne sommes pas tous égaux face à l'apprentissage scolaire, c'est un fait. L'inégalité vient parfois de la nature de l'enfant. Face au système, un rêveur, un pensif, voire même un créatif n'aura pas les mêmes armes qu'un rigoureux, un conventionnel, un scolaire. D'ailleurs, ce terme « scolaire » peut parfois être considéré comme un défaut dans certains domaines… Mais pas dans le système éducatif français. Au lycée, je me suis fait un grand pote à côté de qui j'ai passé trois ans, au dernier rang de chaque cours. Il s'appelait Guillaume. Guillaume m'a ouvert à des domaines que je ne connaissais pas en sortant de mon collège de Saint-Denis. Guillaume lisait beaucoup, il m'a très vite parlé de Rousseau qui était jusqu'ici pour moi un nom de lycée, d'écologie sans vraiment en connaître le concept officiel (on était au début des années 90 !), il avait une vision différente : des gens, des groupes de gens, de ses projets d'avenir. Il rêvait de vivre à la montagne, de faire du surf. J'aimais bien son analyse de ce qui nous entourait au lycée. Il ne me la livrait que si je le lui demandais. Il n'était pas bavard et ne parlait pas fort, Guillaume. Il était réservé, à part sur les terrains de basket où on se mettait la misère pendant des heures en 1 contre 1. Il était un peu marginal, un poil asocial, il pensait différemment de ce que j'avais connu jusqu'alors. Guillaume est certainement un des mecs les plus intelligents que j'ai rencontrés. Mais Guillaume n'a jamais réussi à avoir son bac. Il a lâché l'affaire après trois tentatives où il a pourtant vraiment bossé, et puis il est parti surfer dans les Alpes.

Cet échec scolaire m'a vite fait comprendre que le système n'était pas bon… en tout cas pas parfait. Surtout quand je voyais à côté de Guillaume des élèves que je trouvais vides, sans intérêt, qui sortaient du bac avec une mention. Eux avaient bien appris leur leçon, celle qu'on te demande de réciter, mais celle aussi qu'on te demande d'être. Guillaume n'était pas de ceux-là, pas adapté à ce système scolaire trop fermé, trop étroit, qui attend des réponses précises, qui t'oblige à entrer dans des cases qui ne sont pas les tiennes.

Nous ne sommes pas tous égaux face à l'apprentissage scolaire, c'est un fait. Cette inégalité vient aussi de l'environnement évidemment, du quartier dans lequel tu grandis, du niveau d'étude des parents. J'ai grandi dans des quartiers très populaires où l'échec scolaire était monnaie courante. Les fameux Réseaux d'éducation prioritaire, censés compenser, aider les élèves les plus défavorisés à rester accrochés au système scolaire, ne fonctionnent pas bien. On a essayé de montrer ça dans notre film *La Vie scolaire*, de mettre en lumière des situations en se gardant bien de trop vouloir analyser. On a cherché à montrer que ce n'est pas à cause des humains. On a décrit les élèves parfois bordéliques mais bourrés de talent, on a dépeint des parents parfois maladroits mais pleins de bonnes intentions, et des profs et CPE investis, croyant en leur métier.

Alors si ce n'est pas la faute des humains, c'est la faute du système. Un système scolaire un peu vieillot, un système trop lourd, un système qui juge, un système qui te demande plus d'écouter que de t'exprimer. Ce système manque de moyens, de place et de profs. Évidemment, dans les REP il faudrait des classes de 15 élèves grand maximum jusqu'au CM2 minimum pour individualiser les relations avec les élèves qui ont des difficultés. Et puis il faudrait peut-être oublier un peu le théorème de Thalès pour aborder des thèmes en lien avec notre monde. Bon, je m'égare et à part ces quelques pensées bancales et de surface, je n'ai évidemment pas de solutions miracles pour faire progresser l'école en France.

Ce que je sais, c'est que je connais quelqu'un, sixième d'une fratrie de sept enfants, qui a grandi dans une des plus grandes cités de France, qui a redoublé son CM1, qui a redoublé son CM2, et qui a triplé sa 5e. À la fin de sa dernière 5e, il avait dix-sept ans et de la barbe. Après quelques semaines dans un CAP, il a tout arrêté et a vécu de petits boulots. Il a toujours été vu et décrit par ses profs comme un cancre irrécupérable. Ses profs lui ont prédit un avenir catastrophique.

Ce cancre, c'est Jean-Rachid, mon producteur. Aujourd'hui, il est l'un des producteurs de musique et de cinéma les plus estimés en France. Il a tout appris tout seul, il a l'intelligence des situations, il sent les gens comme personne, il a un flair et un feeling hors pair.

Guillaume et Jean-Rachid n'étaient pas de bons élèves car le système scolaire français ne fonctionne pas bien.

## Fabien à Ben

Bureau de Prod, Paris XI$^{e}$

Cher Ben,

Ce week-end, c'était le premier match de championnat de foot de mon fils. (D'ailleurs, il a fait un pur match : un but, une passe décisive et une énorme activité en milieu de terrain… J'étais hyper fier mais j'ai essayé que ça ne se voie pas trop.) Son petit frère était avec moi et il n'a pas eu à gérer ce trop-plein de fierté. Il s'en foutait éperdument.

En rentrant, je me suis fait arrêter plusieurs fois dans la rue par des gens qui me reconnaissaient et qui voulaient prendre des selfies. Quand ça se répète plusieurs fois de suite, et que tu es avec ta famille, ce n'est pas tout le temps très agréable. Mais bien sûr, je ne compte pas me plaindre une seule seconde. Si c'est la seule contrepartie d'un métier qui est un privilège absolu, je l'accepte à bras ouverts. D'ailleurs, parfois cette contrepartie peut même être agréable et participe donc plutôt au côté « privilège ».

En fait ça dépend souvent de ce que te dit la personne. Parfois, c'est « Ah je vous ai reconnu, je vous ai vu à la télé ! », et là franchement, ça ne me fera pas ma journée. Mais parfois, c'est juste une petite phrase genre « merci pour tel texte » ou « merci pour telle phrase, j'ai l'impression que vous l'avez écrite pour moi », et là ça me procure un vrai plaisir. Je me rends donc compte qu'« être connu » ne m'apporte aucun plaisir particulier, mais « être reconnu » pour quelque chose que tu sais faire, et qui parfois peut faire du bien aux gens, ça, c'est un privilège.

Mais la vraie galère en fait, c'est qu'après des années de pratique, les gens ne savent toujours pas prendre des selfies : « Alors attendez, comment ça marche ce truc-là », « Oh là là si ma fille était là, elle aurait déjà pris la photo depuis longtemps mais moi c'est un nouveau téléphone, et je ne sais pas comment… », « Allez hop, le petit oiseau va sortir et, ah bah non là je prends la rue en photo, comment on retourne le truc déjà… », « Voilà, on sourit et… non là c'est en mode vidéo, comment je l'arrête ce bordel… »

Je crois que les gens qui prennent des selfies me doivent un an de ma vie.

Après un selfie ce week-end, une femme de cinquante ans environ m'a demandé si c'était mes enfants, j'ai acquiescé et là elle leur a dit : « Eh bah dites donc les enfants, vous en avez de la chance d'avoir un papa comme ça. » Ils l'ont fixée, le petit n'a pas bougé, le grand a fait un petit geste de la tête par politesse, et moi j'avais très envie de rire. Mes enfants commencent à être habitués à ce genre de situations et ils ont un air un peu blasé qui m'amuse beaucoup. Ils savent très bien que ce n'est pas parce que je suis connu qu'ils ont de la chance, mais simplement parce que je suis un papa extraordinaire, gentil, hilarant, patient, compréhensif, pédagogue et affectueux. Mais bon… comme ils sont pudiques, ils ne pouvaient pas répondre ça à la dame.

Petite anecdote de notoriété, il y a quelques années un mec me fixe dans le train. Je sens qu'il ne me lâche pas. C'est très gênant. Je ne peux faire autrement que de croiser son regard de temps en temps et à chaque fois, il me sourit un peu plus. Ce manège dure de très longues minutes. À un moment, je le fixe à mon tour, et là, il me fait un « Oui » de la tête avec un grand sourire, puis il me pointe du doigt, voulant dire fièrement « je sais qui vous êtes ». Je lui rends un sourire gêné et au moment où je veux détourner les yeux, il me dit : « Je vous ai reconnu. » À mon tour, je lui fais un petit oui de la tête, et là il me lance sûr de lui « Bénabar ! ». Je lui ai répondu « eh oui, bien vu ! » et j'ai essayé d'arrêter de le regarder.

## Ben à Fabien

Rue Marcadet, Paris XVIII^e^

Moi aussi mon fils a joué ce week-end, contre Noisy-le-Grand, et ils ont gagné aussi, et il a fait un grand match. Et moi aussi, j'étais tellement fier, tout en étant parfaitement conscient qu'il n'y avait pas là matière à tant de gloire, et comme toi, je ne savais pas quoi faire de toute cette joie.

Ça changeait du dernier match de la saison précédente, perdu à domicile 25-0 contre un Paris FC très clairement au-dessus dans tous les secteurs du jeu. Une catastrophe. Ils perdaient le ballon systématiquement une passe après l'engagement, et bim, but. En regardant ce naufrage je me disais bon, il va sortir déçu, c'est peu de le dire, et le papa que je suis doit le réconforter. Il ne s'agit pas d'analyser les raisons de cette déroute, il s'agit de l'écouter, de lui dire que des humiliations sportives ça arrive, et ça lui arrivera encore, mais qu'ils ne sont pas pour autant une mauvaise équipe. Il y en a de meilleures oui, c'est pas un scoop, mais il y a plein de raisons de penser qu'ils font de très beaux progrès. Voilà, c'était ça qu'il fallait dire, j'avais les grandes lignes.

Le match se termine. On rentre dans la voiture. Je lui dis : « Ça va ? » Il me répond « C'est dur là quand même » au bord des larmes. Et moi j'enchaîne quasiment instantanément : « En même temps quand vous jouez en meute, sans organisation, que personne ne respecte les consignes du coach, ça risque pas d'être un succès. Ils allaient plus vite que vous d'accord, mais moi j'ai pas vu la moindre révolte, pas la moindre fierté. Soit vous couriez dans tous les sens, soit vous étiez là, les bras ballants, à attendre que le ballon vous arrive dans les pieds. Et le banc ! parlons du banc ! les remplaçants du Paris FC tu les as vus ? ils étaient debout, ils encourageaient, ils se faisaient des passes sur le bord du terrain, des jongles, ils se tenaient prêts, pendant que vous, vous étiez assis par terre !! »

Bon.

Je voudrais te raconter une histoire car elle mêle football, notoriété, et selfies. Elle est donc assez adaptée pour répondre à ta lettre. Cette histoire tu la connais parce que tu étais avec moi. C'était l'hiver 2018, tu m'as proposé qu'on aille se faire un match en famille. Enfin en famille, avec ceux de notre famille qui aiment le foot, c'est-à-dire avec ton fils et le mien.

On y est allé ensemble, tout le monde était excité, c'est vraiment génial pour ça le sport. On parlait des joueurs, du club, du championnat, c'était parfait. Le match a tenu toutes ses promesses. Mbappé a mis un quadruplé, ce qui est un fait de carrière assez anecdotique pour lui, mais qui peut être le plus grand exploit de joueurs très respectables.

À la fin du match on t'a fait comprendre que le père de Kylian Mbappé, Wilfrid Mbappé, qui était présent au stade, voulait t'inviter dans la loge familiale parce que toute sa famille écoute ta musique, et qu'il lui arrive régulièrement de mettre tes chansons en fond sonore des vidéos qu'il utilise pour motiver les jeunes du club de Bondy dont il est entraîneur.

J'étais déjà très heureux de ma soirée avec vous, on venait de voir un match génial, dans des conditions magnifiques, alors je t'ai dit : « Écoute je sens que là c'est une invitation qui ne concerne que ton fils et toi, c'est un truc père-fils, nous on sera un peu de trop, et puis on a d'ores et déjà passé une soirée fabuleuse, en plus demain c'est lundi et il y a école et tout donc on va y aller. »

Ce à quoi tu as répondu : « Ta gueule et suis-moi. »

Alors on a marché en direction de la loge de Mbappé, moi je disais à mon fils que c'était normal qu'il se sente intimidé, impressionné, voire perturbé, parce que c'est déroutant de se préparer à rencontrer un joueur de dix-neuf ans champion du monde de football. Ce à quoi il m'a répondu : « Ah mais moi ça va très bien. C'est toi qui as l'air très stressé. » C'est vrai. J'en menais pas large. Comme dit cette expression qui ressemble à une expression qui peut entraîner une intervention inopinée du grand-père en plein pendant ton récit lors d'une réunion familiale, et qui va tuer le groove de ton histoire.

— Tu sais pourquoi on dit « en mener pas large » ?

— …

— C'est à l'époque gallo-romaine, les essieux étaient fabriqués en taule d'argile, etc.

Chiant car on peut pas l'arrêter car il est vieux et qu'on doit respecter. Donc j'en menais pas large et j'ai aucune idée d'où vient cette expression.

On arrive dans la loge, et là il y avait juste la famille de Kylian, ils étaient sept. Donc il y avait juste eux, et nous. C'est tout. On a parlé, c'était très chouette, ils étaient tous très cool avec moi qui pourtant n'avais rien à faire là, et on a attendu Kylian. Longtemps. Comme après chaque match la table était dressée, le dîner était servi, l'écran prêt à repasser le match pour débriefer en famille de la performance du soir. À une heure du matin, et après trois heures de sollicitation médiatique, il est enfin arrivé. Comme il avait mis un quadruplé, quelqu'un a proposé qu'on fasse une haie d'honneur à son arrivée. Il a ouvert la porte, on l'a tous applaudi, il avait le ballon du match dans les mains, signé de tous les joueurs, c'est la tradition quand on met un triplé, a fortiori un quadruplé.

Au moment où il a vu que tu étais là il a eu l'air vraiment surpris, il avait un peu le visage des gens qui arrivaient chez eux pendant l'émission « Star à domicile » et qui hallucinaient que leur idole soit en train de manger du cake aux olives dans la cuisine avec Tata Yvette. Il est allé tout de suite vers nos enfants, il leur a demandé comment ils avaient trouvé le match, sa prestation (« Vous avez vu les gars j'ai bien joué hein » alors là, oui t'as bien joué), l'ambiance. Et puis il a pris un jus de pomme et il a proposé de lui-même qu'on fasse une photo. Cette photo elle est au-dessus du lit de mon fils, et chez sa mère, et chez moi. Quand il la regarde il dit que c'était le plus beau moment de sa vie. Ensuite il a aussi pris une photo avec moi, enfin moi avec lui. Et j'ai un plaisir immense à la voir. On a encore discuté quelques minutes et on est parti.

Pendant tout le temps où nous étions là, dans sa loge, à retarder l'heure où enfin il pourrait se retrouver en famille et dîner, il a été disponible, enthousiaste et souriant. Il venait de préparer un match de haut niveau contre une des meilleures équipes de France, de jouer et de gagner ce match, puis de répondre aux sollicitations médiatiques pendant trois heures, et au moment même où il pensait en être enfin affranchi, il restait nous, et il nous a traités comme si ça ne lui arrivait jamais. Pourtant lui, je pense qu'il ne fait pas trois pas dans la rue sans provoquer une cohue de selfies.

Il m'arrivait, après un concert, quand j'avais tout donné, quand la journée avait commencé à Nancy pour se finir à Tours, qu'il y avait eu sept heures de transport, trois heures de balance et deux heures de show, d'avoir envie d'être « off » après le concert. Et je rechignais alors à signer quelques autographes et faire quelques selfies.

Plus jamais depuis cet épisode d'hiver 2018. Désormais en sortant des spectacles on a un code pour dire « Allez, c'est l'heure d'aller voir le public ».

On dit « Mbappé ».

## Ben à Fabien

Soissons, Aisne

Je remarque que je ne commence jamais mes courriers par « Cher Fabien » alors que toi oui, à chaque fois. Pourtant tu es cher aussi, crois-le bien, très cher même. Mais j'oublie de l'écrire. Enfin non je ne crois pas que j'oublie tout à fait, je pense que c'est une sorte de coquetterie un peu snobinarde. Je me dis, je vais faire différent des autres.

Je me dis que je ne vais commencer ni par la date, ni par « Cher Fabien » ni rien, que je vais commencer par le vif du sujet, que ça me donnera de la singularité, et que la singularité, c'est la racine du style. En vrai c'est pas terrible. En vrai, c'est pas le bon combat. On n'est pas obligé de paraître différent pour être singulier. Il n'y a que ceux qui ont besoin d'être différents, qui essaient de le paraître tout le temps. Les gens vraiment différents ne font pas d'effort particulier, ils savent que c'est déjà assez chiant comme ça.

Donc très cher Fabien,

Comment ça va ?

J'ai vu aujourd'hui que tu avais annoncé que tu serais à Bercy le 20 décembre 2022. Les bras m'en tombent comme disait ma mère. Mais quel exploit. Et quelle beauté. Je suis ébloui mon ami. Si je suis aussi abasourdi par cette annonce, c'est parce que très rares sont ceux qui atteignent l'apogée de leur carrière musicale quinze ans après l'avoir débutée. D'habitude quand on fait un carton avec un premier album, puis avec le deuxième, on a, disons, trois albums avant de finir par jouer ses anciens tubes en concert.

Rares, oui très rares sont ceux qui, quinze ans après leur premier succès, connaissent un retentissement plus grand encore avec leur dernier album. À vrai dire je n'en connais pas. À part Booba qui est sur une dynamique sensiblement identique puisqu'il va faire le Stade de France pour la première fois, je ne vois pas.

D'habitude les métiers où tu mets quinze ans à éclore c'est plutôt médecin ou avocat. Le pire c'est les architectes, pour eux l'âge d'or, c'est carrément soixante-dix ans. Par exemple je crois que Pei avait soixante-dix-huit ans quand il a dessiné la pyramide du Louvre !

Chez nous, à soixante-dix-huit ans c'est rare de sortir une pépite, et même s'il y a la « jurisprudence Henri Salvador » et son *Chambre avec vue* tellement idéale pour son âge, la règle est plutôt au déclin. Et on ne compte pas le nombre de chanteurs botoxés qui viennent sur les plateaux de télé pour interpréter leur vieux tube en play-back, avec un sourire suspect, puis proposer un nouveau titre que personne n'écoutera.

Je dis sourire suspect parce que je n'arrive jamais à savoir si ça leur fait plaisir de chanter un tube qui a été un grand succès vingt ou trente ans avant, ou s'ils sont contraints, comme prisonniers de leur chanson. Toi qui es dans cette industrie depuis presque deux décennies, tu as dû en rencontrer, alors que dirais-tu ?

## Fabien à Ben

Café Ryss, Paris XIe

Cher Ben,

Ma dernière lettre date un peu. À mon tour, j'ai été pris dans la spirale de la tournée. Après les festivals et les théâtres, cette fois pour moi c'est la série des fameux Zéniths. Pour l'instant on en a fait quatre : Caen, Lille, Grenoble et Dijon. J'en ai deux autres cette semaine et trois la semaine prochaine. Ensuite, on fera une petite pause jusqu'en janvier avant de reprendre de plus belle.

Eh bien je te confirme que les Zéniths, c'est une sacrée spirale. Un tourbillon même. Ça souffle fort, ça fait du bruit. C'est magnifique. Je suis très content de te raconter comment j'ai vécu ces concerts dans des Zéniths pleins à craquer en sachant que ce sera très bientôt à ton tour de vivre ça. Alors, je vais te la jouer comme un mec qui spoile légèrement le film parce qu'il l'a vu quelques semaines avant toi.

Selfie dans le studio d'Angelo en septembre 2017, pour enregistrer ma chanson *Tu peux déjà* dont tu as fait la musique.

Au Bowling
BEN MAZUÉ
GRAND CORPS MALADE

MA BÉCANE
BEN MAZUÉ
GRAND CORPS MALADE

Mon premier showcase en solo
le 7 septembre 2005, au Réservoir, à Paris.

Au bureau de Prod...
ou plutôt au local, lors d'une intense séance
de travail avec Minos, Soufiane et toi.

# Cadavre exquis

À l'ombre des arbres et du vent, à l'abri,
Les sons apaisés et l'amour réciproque,
Avec ceux qui m'arment pour affronter la vie
On ne fait rien d'autre que de vivre l'époque,
On se laisse traverser par les pensées qui passent,
On parle de nous, des autres et de tout le reste aussi,
On fait des projets pour contrer le temps qui trace,
Qui nous fait rêver à l'abri des soucis.
On s'ennuie,
Tellement bien,
avec eux

A l'ombre du stress, écoutant leurs envies
Celles qui s'envoleront, celles qu'ils rendront possibles
On lève les yeux au ciel pour se sentir petit
Savourant leur imagination invincible
On répond à leurs questions, visant l'équilibre
Entre ne pas mentir et préserver leur fraicheur
Et une fois encore on se rend compte, l'esprit libre
Que notre quiétude se nourrit de leur candeur
On apprend,
Tellement bien,
Avec eux

C'est lent, c'est riche, c'est drôle, c'est doux,
Auprès d'eux le temps triche, et notre rôle à nous,
Puisque l'âge nous rattrape, et que la vieillesse rôde,
C'est de vivre et saisir ces moments comme une ode,
À la vie qu'on avait rêvé sur cette terre.
On vieillit,
Tellement bien,
Avec eux.

C'est vif, explosif, éphémère, trop court
Auprès d'eux le sablier accélère dangereusement
Les années passent comme des semaines pour des allers sans retour
Sur leurs albums photos, les mêmes regards, mais les contours différents
On ressent alors l'urgence d'enregistrer chaque rire
Ne rien louper, profiter, les serrer, les chérir
On savoure,
Tellement bien,
Avec eux

Il y a celui qui a le don de provoquer chez moi un réconfort unique,
Car son rire instantanément,
Me donne le sentiment,
Qu'avec lui là maintenant,
Je passe un grand moment.
Celui dont l'humour non seulement m'éblouit,
Et me donne envie à moi aussi d'être aussi drôle que lui.
Il y a celui dont je ne comprends jamais les choix,
De la vie – la Grande Vie – à celle de tous les jours et ses petits tracas,
J'adore ses anecdotes, car elles découlent à chaque fois,
D'un raisonnement si différent de moi,
Qu'il me fait comprendre malgré lui,
Combien je peux manquer parfois de poésie.
Il y a la discrète, calme, créative,
Qui ne sollicite pas mais toujours réactive,
Sa sereine douceur qu'elle balade au gré d'une carrière inouïe,
Sans faire de vague, sans faire de bruit,
C'est la surdouée de mon petit pays.
Ce sont les personnages qui peuplent mes soirées,
Mes week-ends, mes vacances, mes voyages, mes journées,
Ceux qui m'ont connu enfant, ado, adulte, parent,
Ceux avec qui j'ai construit la famille qu'on choisit,
Mes amis.

Il y a celui qui nous a beaucoup appris parce que c'était le premier
Un amour inédit et de nouveaux frissons
Celui qu'on a choyé, qui nous a émerveillés
Un départ inconnu et une farouche passion
Il y a celui qui est arrivé en faisant moins de bruit
En deuxième position, à l'heure au rendez-vous
On sait déjà les nuits blanches, on reconnaît les cris
Mais l'amour qu'on se prend est toujours aussi fou
Le premier nous apprend qu'être parents c'est la classe
Un bonheur fatigant et des cascades de sentiments
Le deuxième nous montre que nos cœurs y'a encore de la place
Et notre vision du monde change définitivement
Quand ils apprennent à lire, on vieillit sans défense
On était des enfants tant qu'on n'en avait pas
Et si les mettre au monde nous fait perdre l'innocence
Je veux bien devenir adulte si c'est pour être papa

Un soir d'octobre 2019 où tu m'as rejoint
sur la scène de l'Olympia.

Sur le tournage de *La Vie scolaire*,
au collège des Francs-Moisins à Saint-Denis,
avec mon coréalisateur, Minos.

12 février 2001, cérémonie des Victoires de la musique,
l'année où on a été nommés avec Gaël et Fabien
mais c'est Benjamin Biolay qui a gagné.
Sur cette photo, c'est la Victoire de Pomme, elle me l'a prêtée.

23 avril 2022, premier concert de la tournée des Zénith à Rennes (d'ailleurs à Rennes, ça s'appelle pas le Zénith, ça s'appelle Le Liberté).

Un concert en Zénith, des étoiles plein les yeux.

Débrief du concert dans le TourBus
avec Benoît, Seb, Mylow, Milan et Caro.

LA BAGARRE
BEN MAZUÉ & GRAND CORPS MALADE
EVERLAST
EVERLAST

GRAND CORPS MALADE
& BEN MAZUÉ
Ô TOI AUSTRALIE

Un faux pot pour un vrai clip,
celui de *Tailler la route* de l'album *Éphémère*.

On a déjà eu l'occasion de jouer devant beaucoup de monde, 10 000, 20 000 personnes (je crois même que la grande scène des Vieilles Charrues, on est à plus de 50 000), mais c'était dans des festivals. Alors déjà en festival, les gens ne viennent pas que pour toi, et puis ensuite, c'est en plein air, et en plein air les cris se perdent un peu. Dans des Zéniths, ils ne sont « que » 5 ou 6 000 mais on est en salle, et les cris ne se perdent pas du tout. Ils t'arrivent sur scène en pleine gueule, tu les reçois physiquement : une accolade bien musclée. Cette accolade te porte, te galvanise. Et puis cette fois, les gens ne sont venus que pour toi, ils sont contents de te voir et ils te le font vite comprendre. Ça crie, ça chante, ça sort les briquets (enfin… les lampes torches de téléphones) comme dans les vrais concerts de notre enfance, ceux de Renaud, de Sanson, de Johnny.

Lors de mes premiers Zéniths, tout le public s'est levé après le quatrième morceau (la chanson *Mesdames*). Quentin, qui gère la lumière sur mon spectacle, a progressivement allumé la salle pour accompagner cette standing-ovation, et ce mouvement de foule de plusieurs milliers de personnes qui se lèvent comme un seul homme en applaudissant, c'est très beau. C'est très émouvant. Mosimann sur scène avait les yeux bien humides à chaque fois. Moi, non, mais tu connais… « Si tu ne vois jamais mes larmes, c'est parce qu'elles coulent à l'intérieur. »

Et puis comme les Zéniths de Paris sont complets, pour la fin de la tournée, on a ouvert un Bercy. Tu m'as écrit que quand tu l'as appris, les bras t'en sont

tombés. Eh bien sache que moi aussi. En 2005, dans « Attentat verbal », j'avais écrit :
« Si je vois de l'écoute dans tes yeux, je voudrai te dire merci
Et tu pourras me croiser partout sauf sur la scène à Bercy
J'ai des paroles pour te réveiller et j'en ai pour te bercer
Et je te les offre sous les projecteurs ou dans le RER C »

À cette époque, alors que je slamais dans les bars et que j'imaginais à peine faire un album, si quelqu'un m'avait dit que je ferais un jour un concert à Bercy, j'aurais été inquiet pour sa santé mentale.

C'est vrai que c'est inattendu, surtout au bout de quinze ans de carrière et 700 concerts. Ce qui est sûr, c'est qu'après tout ce temps, je ne suis absolument pas blasé, je continue de m'étonner et de m'émerveiller de tout ce qui m'arrive. Dans son documentaire, Orelsan dit que quand il a appris qu'il allait faire Bercy, il avait l'impression de « terminer le game des salles en France ». Moi aussi ça me fait un peu cette impression, mais j'espère bien que ce n'est pas terminé.

Cette lettre peut ressembler à un ego trip, mais c'est plutôt l'envie de prendre un peu de recul pour réaliser la chance que j'ai de vivre ça, en équipe (à peu de chose près la même équipe qu'au début). C'est important de réaliser la chance qu'on a de vivre un succès au moment où on le vit. D'une part parce que ça permet de le vivre pleinement et de le partager avec les proches, et d'autre part parce que le succès ne dure pas forcément, alors il faut savoir lui parler dans les yeux quand il est là.

On a un beau métier Ben. Il faut en avoir conscience. C'est un privilège à chaque étape. On aime écrire, on aime la musique, on aime faire des disques, on aime être sur scène. Je sais que pour toi aussi la période est belle. En attendant tes Zéniths, ta tournée cartonne. Tu joues à guichets fermés partout et pendant mes premiers Zéniths, tu étais en train de retourner méticuleusement Les Folies Bergère trois soirs de suite. Plusieurs amis y étaient. Ils m'ont dit que l'ambiance était dingue. J'ai vu quelques photos passer sur Insta, tu avais l'air heureux, tu avais l'air à ta place.

Alors, prenons régulièrement un peu de recul, ouvrons grand les yeux, admirons tous ces visages enthousiastes face à nous quand on est sur scène.

… et espérons que Macron ne ferme pas les salles de spectacle.

## Ben à Fabien

Entre Rennes et Paris

Il est 7 h 52, je suis à la gare de Rennes. Dans le train direction Paris. Nous sommes samedi 4 décembre, hier j'ai joué en Ille-et-Vilaine.

C'était la 57e date. En six mois.

Chaque concert est un défi.

Un défi ça veut dire que je peux le réussir, ou le rater. Le réussir, c'est de bien chanter, de ne pas oublier de texte, de rentrer dans les mots au bon moment, d'être sincèrement transporté par ce que je raconte. Le réussir aussi pour moi, c'est parvenir à bien jouer la comédie puisque la plupart de mes interventions entre les chansons sont écrites. Parfois je trouve que je fais bien l'acteur, et parfois j'ai l'impression d'être dans un mauvais vaudeville dont je serais en plus moi-même l'auteur. Alors il y a le trac, légitime appréhension. Il y a le transport, avec ma valise et ma guitare. Aller à la gare depuis l'hôtel, puis prendre le train. Une fois arrivé sur le quai, être récupéré par le programmateur de la salle dans laquelle on joue le soir. Le transfert en voiture. C'est pas grand-chose, quelques heures, trois transferts. Puis il y a la balance, le dîner, et enfin le spectacle. Je ne dîne pas moi. Pas avant. Je n'ai pas faim quand je suis préoccupé. J'attends d'être libéré de mes obligations.

Avant-hier j'ai raté mon concert. J'ai mal joué la comédie. J'ai forcé. Tout était forcé. Je m'écoutais et je me disais que c'était nul à chier. Tout. Mes attitudes, mes textes, ma mise en scène. J'ai eu deux trous de mémoire à des moments cruciaux du spectacle. Mon ingé son a essayé de me souffler le texte dans mon oreillette. Il me disait « blague pourrie » afin que je me retrouve dans le texte. « Blague pourrie » devait me rappeler où j'en étais mais je ne voyais pas où il voulait en venir, et en discutant avec lui après le concert, lui non plus.

Il y avait un ami dans la salle, quelqu'un de cher. Je pensais à lui. Ça me sortait du spectacle de penser à lui. J'essayais de focaliser sur mon jeu. Je me perdais. Je coulais. Mais j'écopais avec ma volonté, avec mon expérience et le spectacle est allé à son terme. Ensuite, en sortant, j'ai parlé au public qui m'attendait pour une photo, une dédicace, un petit moment ensemble. C'est pas toujours évident, quand tu as raté ta prestation, de rester enthousiaste.

Tu vas me dire, tu peux en parler, vider un peu ton sac, récupérer auprès de tes tendres collègues un peu de réconfort. Souvent, quand je m'épanche auprès de quelqu'un de mon équipe, l'argument massue c'est d'affirmer que personne n'a rien vu, que les gens ne perçoivent pas ces petites erreurs qui me cisaillent le moral, et la preuve, plein de gens sont restés pour me témoigner du bonheur qu'ils avaient ressenti pendant la soirée.

Certes.

Mais enfin.

Ceux qui n'ont pas aimé ne font pas l'effort de m'attendre après le concert. Personne ne vient jamais me voir en me lançant : « Pardon mais je vois que les gens vous disent qu'ils ont beaucoup apprécié le concert et moi j'ai pas aimé, aussi, pour que vous ayez un rapport exhaustif du ressenti dans la salle je suis resté pour vous faire part, histoire de faire la balance quoi. »

Personne.

57 concerts en six mois c'est très dense. La densité use. Bien sûr elle use les organismes, mais on peut faire attention à son organisme. Non, la densité, elle use surtout les leviers d'émotion.

On ne va pas à un concert comme on va au théâtre. On vient voir un moment unique. En ça, d'ailleurs, ce n'est pas grave d'avoir des accidents. Mais c'est grave d'être fade, d'être normal, c'est grave d'user les leviers d'émotion. De ne plus être habité.

57 dates en six mois. Je ne suis plus habité.

Je pense aux Zéniths qui arrivent dans quatre mois. Il faut que j'adapte le spectacle, parce que je ne peux pas jouer de la même façon dans un théâtre de 800 places et dans un Zénith de 5 000. J'y réfléchis quand je peux, mais je ne peux pas souvent. J'appréhende. Au lieu de me réjouir. Je ne veux pas rater ces rendez-vous. Mais ma créativité est enfouie sous des couches d'insomnies, de remise en question, de journées traqueuses, et de tournée à assurer.

Par exemple je voudrais offrir un petit cadeau à chaque personne du public. Une lampe de marche. C'est un spot lumineux à clipper sur un habit, pour être vu de loin. Mon spectacle étant écrit comme une randonnée, ça a du sens. Deux types de lampe. L'une avec une ampoule verte et l'autre avec une ampoule rouge. Un peu comme quand les gens actionnent la lampe torche de leur smartphone à ton concert pour *Derrière le brouillard*, mais là ce serait une marée lumineuse rouge et verte. Les lampes, c'est cher. Et si ça ne faisait pas l'effet escompté ? Je n'aurai pas d'autres occasions de faire une telle dépense pour mon spectacle. Je ne sais pas si le jeu en vaut la chandelle. Je doute. Mais comme dit Orelsan (ping-pong de référence) « Douter c'est le contraire de s'en foutre ».

J'ai envie de tout donner, j'ai envie de grandiose. Je voudrais que les gens sortent des Zéniths heureux et comblés. Mais je bute sur mon usure. Peut-être aussi un peu sur ma peur. Et allez, osons, je bute sûrement sur la hauteur de la marche.

Il me faut des vacances. Il me faut du repos. Retrouver la fraîcheur. L'envie.

Mais ça n'est pas prévu.

Chaque retour au bercail est si court ! je ne prends même plus le temps de défaire ma valise. Je subis à chaque fois un amoncellement de tâches parentales, administratives, et professionnelles. Pas de repos pour les braves. Pas de repos pour les darons. Donc pas de moyen de dissiper l'usure. Et la nécessité, pourtant, de le faire. Combien se sont perdus ? Combien d'artistes ont brillé puis brûlé ? La littérature en est pleine, de ces héros déchus, brisés par l'enjeu, noyés. La littérature, et la réalité.

Stromae, Zaz, Amy Winehouse, Angèle, Avicii, Alain Bashung, Renaud, Florence Foresti, et j'en oublie plein, je ne me compare pas à ces légendes, mais je constate que tous ces gens ont témoigné d'avoir été atomisés par des tournées trop denses, pour un fer qu'il s'agissait de battre tant qu'il était chaud.

Mais je ne veux pas me victimiser, je ne veux pas m'avouer vaincu, je ne veux pas ployer puis me fendre. Je ne veux pas me dire que c'est trop dur. Je ne veux pas buter sur la marche. Je veux résoudre. Je veux chanter au Zénith animé par une envie si forte, si ancrée, si ancienne, si puissante, qu'elle deviendra palpable.

Alors quelle solution s'offre à moi ?

T'as vu, j'ai pas mis de S à solution.

La Réunion.

Terre de sérénité et d'inspiration. Là-bas j'oublie toute la mélasse qui me colle et me freine. Là-bas je respire à la bonne vitesse. Là-bas les idées me viennent, là-bas je comprends la chance que j'ai de faire ce métier, là-bas je me charge des composants nécessaires pour dissiper l'usure.

Je pars le 19 décembre.

Et je rentrerai quand mon spectacle sera écrit. (J'aimerais dire ça mais en vrai je rentre le 26, y'a ma sœur qui se marie.)

Alors oui on a de la chance, oui c'est magnifique de faire des tournées, et en te lisant on peut imaginer que ce bonheur intense est sans contrepartie tant tu as à cœur de témoigner du privilège que c'est de chanter devant de si grandes assemblées. Aussi je voudrais vous prévenir, vous les jeunes qui auriez envie de vous lancer dans cette aventure, c'est terriblement exigeant.

## Ben à Fabien

Café Demain c'est loin, Ménilmontant, Paris XX^e^

J'étais pas bien fringant dans mon dernier courrier et donc, forcément, dans ta réponse, tu vas te sentir un peu obligé de me dire que tout n'est pas si gris, voire que rien n'est gris du tout, et que ce chagrin, c'est de la peur maquillée en tristesse, pour qu'on me plaigne. Et je n'aime pas trop cette idée.

Donc je reprends la plume, et pour ne pas rester sur une mauvaise impression, je voudrais, après ma dernière date de l'année, t'expliquer tout le bonheur que j'ai de faire ce métier.

D'abord parce que faire ce métier c'est chanter. Et moi j'aime chanter. Depuis que je suis petit. Personne ne chante chez moi, ça n'est pas une tradition familiale.

J'aime chanter avec des gens, avec des musiciens, avec des amis, avec d'autres chanteurs, j'aime chanter tout seul. J'aime chanter devant plein de monde, j'aime chanter dans un karaoké miteux, en tournée, dans un petit bled. Chanter ça me plaît parce que ça me transporte, parce que ça me procure, au fond du cœur, une sérénité, une douceur, un entrain, qui me manque dans la vie civile.

Ensuite parce que faire ce métier c'est écrire.

Écrire ça veut dire regarder les gens, les comprendre, ça demande de réfléchir sur eux.

Faire ce métier aussi c'est avoir des idées, rassembler des gens pour aller au bout, et essayer d'aller au bout. Parfois ça ne fonctionne pas, souvent même, mais quand ça a marché une fois, tu sais au fond de toi que ça peut se reproduire. Toi tu en as carrément fait un slogan pendant ta première tournée, « ça peut marcher » tu leur disais.

Faire ce métier aussi, c'est ne pas négliger le fond de soi. C'est être en paix avec celui qu'on était à dix ans, ce petit garçon qui avait des aspirations claires, précises et intimes.

Je pourrais aussi dire que j'aime ce métier pour le statut. Parce que oui le statut est costaud. Par exemple pour découvrir un lieu, il faut imaginer que nous, quand on arrive dans une ville pour y jouer, on rencontre ceux qui gèrent la salle, qui s'en occupent, souvent des experts de l'endroit. Tu veux sortir ? Ils ont une idée. Tu veux connaître les spécialités locales ? Ils ont une idée.

Et j'en viens au dernier point. Les rencontres. Il y a dans ce métier des artistes, des techniciens, des producteurs, des musiciens, toute une faune de personnages aux parcours singuliers, des gens que je n'aurais jamais pu connaître si je n'avais pas chanté. Alors oui je râle, je me plains, mais au fond, t'as raison, quel privilège que le nôtre.

## Fabien à Ben

Café Ryss, Paris XIe

Cher Ben,

J'ai deux lettres de retard. Tes deux lettres sont très différentes, elles s'opposent un peu mais dans les deux, tu dis la vérité. C'est juste la vérité du moment.

Bien sûr qu'on a le droit de se plaindre, bien sûr qu'on a le droit de dire qu'on a pas kiffé, qu'on s'est pas senti bien, qu'on a pas été bon, qu'on a pas pris de plaisir et qu'on a moins envie. Ce n'est pas parce qu'on fait ce qu'on aime qu'on doit tout le temps être à fond et heureux, encore moins qu'on doit faire semblant de l'être. Ce que tu as ressenti est évidemment lié à la densité de ta tournée. Cinquante-sept dates en six mois, c'est énorme. Tu es rentré dans une routine et c'est toi qui l'as écrit : tu n'étais plus habité.

C'est peut-être difficile à comprendre pour ceux qui ne font pas ce métier. Ils peuvent se dire : « Ça va…

cinquante-sept concerts en six mois, c'est en moyenne dix concerts par mois, donc vingt soirs par mois où il n'est pas sur scène, donc vingt jours par mois où il se repose. C'est ça leur routine aux chanteurs ? » C'est sûr, c'est difficile à comprendre. Le comptable qui fait de la comptabilité, le guichetier derrière son guichet, le routier dans son 36 tonnes ou la DRH d'une grosse boîte... Tous ceux-là aimeraient beaucoup avoir une routine de dix soirs par mois, et ils auraient raison de penser ça, mais c'est là où se situent la beauté et la complexité de notre métier. On ne peut pas faire les choses à moitié, on ne peut pas bien faire ce métier sans être « habité ». On est sur scène devant beaucoup de gens, on se met à poil, on se donne vraiment, on ne triche pas. Le routier n'a pas besoin d'être habité dix heures par jour dans son camion, la DRH ne se livre pas devant des milliers de personnes, le guichetier ne met pas sa crédibilité en jeu pendant deux heures, dix fois par mois. Tous ces métiers-là ont leurs complexités, leurs difficultés et leurs exigences, et sur bien des aspects, le nôtre semble plus facile. Mais si chaque profession a ses périodes de doute, la nôtre est peut-être en tête sur cet aspect-là.

La lettre où tu te ne te sentais plus habité, ce n'est pas une lettre de plainte, c'est la lettre d'un chanteur fatigué, usé, trop la tête dans le guidon pour avoir du recul.

Mais tu te rappelles pourquoi tu aimes écrire, tu redécouvres ton statut de chanteur... Bref, tu sors la tête du guidon et c'est quand on sort la tête du guidon qu'on peut prendre du recul, et là, on ne peut que réaffirmer que notre métier est un privilège rare. Le routier ne reçoit pas la décharge d'adrénaline que procure le brouhaha du public quand on s'approche de la scène. La DRH ne ressent pas ce vertige si particulier de livrer à toute une foule le résultat de son imagination et de sa création. Le guichetier ne reçoit pas la reconnaissance, voire l'amour de milliers de personnes qui se lèvent en applaudissant.

On vit régulièrement sur scène des moments exceptionnels et ça, je me le répète souvent. Ce n'est pas de la méthode Coué, c'est juste que mon parcours de vie m'a appris à savoir faire ce pas de côté pour savourer.

Évidemment, se rappeler ce privilège, ça n'empêche pas les coups de mou, les questions, les remises en cause. C'est nécessaire et c'est tant mieux, parce que j'imagine que c'est cet ensemble-là, ce relief de sentiments, ces émotions contradictoires qui font le sel de notre métier, et de belles sources d'inspiration pour la suite.

## Fabien à Ben

Bureau de Prod, Paris XI^e^

Cher Ben,

À Paris aujourd'hui, il fait gris, le variant Omicron est la nouvelle star mondiale, il y a plus de 300 000 nouveaux cas de Covid par jour, les enfants doivent à nouveau porter des masques en classe, en récréation, dans la rue, le gouvernement a interdit les concerts de plus de 2 000 personnes, mes prochaines dates sont à nouveau annulées, l'extrême droite en France représente plus de 30 % dans les sondages, l'année 2021 a été tout juste un peu moins chaude que 2020 qui avait été l'année la plus chaude de l'histoire, on ne compte plus les catastrophes climatiques dramatiques dans le monde entier, des réfugiés se noient chaque semaine en Méditerranée. Mais je m'en fous.

Je m'en fous parce que moi, maintenant, je change de monde. Je vais me mettre aux métavers. Oui Ben, je me suis inscrit sur Instagram après tout le monde, je me suis abonné à TikTok sur le tard (avant toi quand même), mais cette fois, je ne resterai pas un looser réactionnaire dépassé qui ne vit pas avec son temps. Je vais donc entrer dès maintenant dans ce cyber univers alternatif.

Finis le mauvais temps, les pandémies, le réchauffement climatique et les béquilles. Je vais me trouver un univers où le monde est neuf, où les gens sont beaux et en bonne santé. Mon avatar aura une mèche brune vigoureuse et des pectoraux bronzés. Tout le monde les verra car dans mon métavers, je serai torse nu tout le temps puisqu'il y aura toujours du soleil. Je m'appellerai sobrement Grand Corps Musclé. J'irai faire mes courses en roller… Ah non, je me ferai livrer par des pom-pom girls américaines tatouées Uber dans leurs décolletés. À chacun de mes footings, alors que du funk résonnera dans toutes les rues, je croiserai des affiches géantes de moi en concert. Parce que oui, j'aurai demandé à Jean-Rachid d'investir de la publicité de ma tournée dans plusieurs métavers, et puis si dans le réel, les concerts ne sont toujours pas possibles, je chanterai dans mon univers parallèle où des centaines de milliers de personnes m'ovationneront debout et sans masque. Tous les mardis, j'irai boire un café avec Michael Jordan et Eminem. D'ailleurs, je ferai un feat sur scène avec lui. Jordan, pas Eminem. J'adorerai faire du ski en plein été avec mes enfants, enfin avec Blank et Prunk leurs avatars. Au début, dans mon nouveau monde, je ne verrai pas beaucoup ma femme. Oui, j'ai honte mais elle est un peu à l'ancienne et elle passe tout son temps dans la vraie vie. La ringarde. Pour tout te dire, elle n'a toujours pas Insta et elle paye encore ses courses en euros. Bref, tout en admirant la vue sur des belles publicités hologrammes 3D de sociétés ayant compris leur époque, j'irai siroter un Coca en demandant à Siri de mettre de la musique. Oui il faut que tu saches que dans la plupart des métavers, Coca-Cola aura le monopole des boissons, et Apple celui de la technologie.

Comme tous les autres Ben, tu me rejoindras bientôt dans mon métavers. Ce monde aura rapidement plus de valeur que la vie réelle, ou devrais-je dire l'ancienne vie, ou la vie de merde. Quand tu retourneras occasionnellement dans cette ancienne vie, tu auras trop peur de louper des trucs, des événements, des rencontres incroyables, des émotions débordantes. Alors tu remettras vite ton casque et tes capteurs pour revenir me voir dans la frénésie du monde virtuel.

Dans le monde réel, les ressources sont épuisées. Dans mon métavers, je vais voyager, faire le tour de la terre sans polluer. Le monde réel est trop dur et a perdu de sa saveur et quand Mark Zuckerberg aura trouvé la bonne application pour sentir l'odeur des croissants chauds et la chaleur du soleil sur la peau, il n'y aura plus de raison de rester dans ce monde compliqué, imparfait et stressant. C'est la révolution Ben ! Les États n'auront bientôt plus aucun poids face aux entreprises. On pleurera, on rira, on apprendra, on travaillera, on chantera, on voyagera, on fera des rencontres, on fera l'amour sans sortir de son fauteuil ! Quel programme, quel progrès, quelle chance…

J'arrive à la fin de cette lettre et maintenant il pleut dehors. J'ai envie de sentir les gouttes sur mon front, avoir un peu froid. J'ai envie d'aller marcher sous la pluie, même marcher mal.

## Ben à Fabien

Ménilmontant, Paris XXᵉ

Je lis très peu de romans. Pourtant je devrais : j'adore les histoires, les mots, les tournures de phrases bien senties, les discours. Et puis je suis sûr que ça m'irait bien d'aller dans un parc, de m'asseoir sur un banc ou sur l'herbe et d'ouvrir un livre. Ça va à tout le monde d'ailleurs. De la reine d'Angleterre au cireur de chaussures de Bombay. Lire c'est s'instruire, c'est rêver, c'est s'affranchir des modes, c'est la singularité au service de l'intelligence.

Mais les romans sont trop lents. Pas tous, hein, bien entendu, il y a des chefs-d'œuvre qui m'ont marqué, qui m'ont transpercé, qui m'ont fait chavirer. Sauf que ceux qui aiment lire ne lisent pas que des chefs-d'œuvre. Ils peuvent passer huit heures sur un roman « pas mal ».

Moi, « pas mal », j'abandonne. Même « très bien », j'abandonne. Il en faut peu pour que le livre me tombe des mains.

Et pire, les romans « page turner », écrits pour ne pas tomber des mains justement, parfois décriés par la critique, même eux, sont des « page fermeur » pour moi. Donc côté livre, c'est chefs-d'œuvre ou rien.

Tiens, les chefs-d'œuvre, parlons-en. Je suis convaincu qu'un chef-d'œuvre convainc tout le monde, c'est même un peu à ça qu'on le reconnaît. Par exemple au cinéma, tu peux ne pas être féru de comédie musicale, mais comment ne pas être ému par *West Side Story*. Tu peux ne pas être un grand fan des films d'auteur, mais *César et Rosalie*, c'est imparable, c'est marquant, c'est inoubliable, non ? Tu peux ne pas aimer les blockbusters, mais *Titanic* te collera sans doute à ton siège. Personne n'a de style de film préféré quand il s'agit de chef-d'œuvre. En fait ton style de film, ça concerne les œuvres moyennes ou médiocres.

Donc si on suit ce raisonnement, mon style de film, c'est les blockbusters. Parce que je sais que je peux regarder un très mauvais *Spiderman*, alors que si tu me fais voir un film d'auteur moyen, sois sûr que je vais abandonner. À y réfléchir, je pense que j'ai un style de littérature préféré aussi. Je crois justement que les livres de correspondance, les romans épistolaires, sont les seuls pour lesquels j'ai de l'indulgence. Et c'est sûrement pour cette raison que j'ai osé me lancer dans un tel projet avec toi.

Autrement c'était chef-d'œuvre sinon rien, ce qui est assez castrateur en matière de création.

## Fabien à Ben

Chez moi

Cher Ben,

(C'est vrai que je commence toujours mes lettres par « Cher Ben ». En fait ça me paraît naturel ; déjà parce que c'est bien à toi que je les adresse, je ne raconterais pas la même chose dans celles-ci si je commençais par « Chère Maman », ou « Cher M. Le Président du Syndic de copropriété », mais aussi parce que c'est le seul moment où je peux utiliser cette formule. Je ne l'utilise pas sur mes mails, mes textos ou sur WhatsApp. Là je trouve ça classe, j'en profite. À ce stade, notre projet s'appelle *Correspondance*, on s'envoie des lettres, alors oui : je commence mes courriers par « Cher Ben ».)

Cher Ben,

Eh bien ça m'a rassuré que tu lises très peu de romans parce que moi c'est pareil. Il m'arrive d'avoir un léger complexe d'infériorité quand je discute avec des gens qui lisent. Ils ont évidemment dévoré tous les classiques, de Flaubert à Stendhal en passant par Balzac et Baudelaire, mais ils maîtrisent aussi la littérature contemporaine. Et je baisse les yeux d'ignorance quand j'entends des gens déclarer : « J'ai adoré le dernier Despentes, mais j'ai été très déçu par le dernier Nothomb, et alors le dernier Houellebecq, quelle merde… » Et alors je n'ose même pas parler « du dernier Goncourt ». D'ailleurs toi Ben, qu'as-tu pensé du dernier Goncourt ?

Mon fils aîné ne lit pas beaucoup non plus. Il aime pas trop ça. À la maison, on essaie de l'inciter. Je lui répète que grâce à la lecture, il peut voyager, s'évader depuis sa chambre, développer son imaginaire, changer de vie, rire, pleurer, kiffer, avoir peur, vivre des histoires d'amour, des braquages de banque, des combats de chevaliers. Et puis découvrir des mots et progresser en orthographe sans effort. Pas évident de le convaincre alors que je ne suis pas moi-même un gros lecteur.

Mais au moins sur les livres, je pense ce que je lui dis. Ce n'est pas forcément le cas quand il s'agit de l'engueuler parce qu'il revient avec des mots dans son carnet pour bavardage ou mauvaise conduite. La plupart du temps, c'est juste qu'il est un peu dissipé, rien de grave. Mais je suis son père, je suis obligé de marquer le coup. Alors je fais les gros yeux, le mec pas content, je lui fais la morale, je hausse le ton. Sauf que le plus souvent, au fond de moi, j'ai envie de lui dire « Ho ça va… C'est pas si grave, t'as rien fait de mal, je préfère un fils un peu agité qu'un fayot du premier rang. Et puis ils sont énervants ces profs aussi à mettre des mots pour un oui pour un non. Moi à mon époque, si j'avais dû avoir des mots dans mon carnet pour un simple bavardage ou une petite bousculade dans le couloir… » Mais bon, je ne peux pas lui dire ça. Je ne peux pas lui raconter que j'ai eu bien plus d'avertissements de conduite que lui, et pour des raisons bien plus justifiées. Je fais les gros yeux, je fais la morale, et parfois même je punis. L'autre jour, j'ai reçu un appel de la CPE du collège. J'étais au bureau de Prod et autour de moi, il y avait plusieurs potes qui ont tous comme point commun d'avoir eu une enfance que je qualifierais de « dynamique ». Ils ont fréquemment eu une tendance à ne pas se laisser marcher sur les pieds en cas de petite escarmouche… Bon, c'est des bagarreurs. J'étais donc au téléphone avec la CPE et mes potes sentaient que la discussion était sérieuse : « Oui… oui… ah d'accord… très bien. » Je raccroche et mes potes me demandent ce qu'il se passe. Je réponds : « C'était le collège, mon fils s'est battu. » Tous mes potes sans exception et sans se concerter se sont mis à hurler de joie comme si mon fils venait de mettre un but. « Et qui a mis le premier coup ? » « Bah apparemment c'est mon fils parce que l'autre l'a insulté. » Et mes potes de hurler à nouveau comme si mon fils avait mis un doublé. Ils m'ont fait rire.

Alors bien sûr je ne prône pas la violence, bien entendu j'inciterai toujours mes enfants à être dans le dialogue. Mais je ne peux pas nier qu'il existe encore en moi cette petite part de masculinité absurde, de virilité arriérée qui me chuchote tout bas que, quand même, je suis un peu fier que mon fils ne se soit pas laissé faire. Les seules fois où je l'engueule de bon cœur, c'est si le mot des profs parle d'insolence. Il y a des choses sur lesquelles je ne transige pas. Et le manque de respect en est une. On ne se la raconte pas avec les adultes quand on a onze ans. Le respect est la base de tout. Alors là oui, je punis.

Ben, si jamais on fait vraiment un livre de cette correspondance, rappelle-moi que cette lettre devra être censurée pour mes fils. On demandera à l'éditeur de mettre un petit -18 en haut de la page. De toute façon, je ne sais pas pourquoi je m'inquiète, a priori mon fils ne le lira pas.

Il aime pas trop ça.

## Ben à Fabien

Rue Marcadet, Paris XVIII^e^

J'ai relu une lettre ancienne, qui date d'un an tout juste, celle sur Ray LaMontagne. Machinalement j'ai enchaîné avec celle qui suivait, puis celle d'après, et ainsi de suite jusqu'à celle-ci.

Grâce à ces courriers, grâce à leur (relative) régularité, je me suis souvenu des événements qui ont borné 2021. J'ai vu défiler l'année. Une année bien étrange, et bien dense. L'album, les concerts, les enfants, la pandémie. Quatre mots, quatre montagnes, quatre combats, quatre obsessions.

Maintenant ça y est, ça fait un an.

On a décidé de montrer nos échanges à un éditeur. On a même convenu d'un rendez-vous lundi prochain pour qu'il nous dise ce qu'il pense de ces écrits. Je suis impatient de savoir. Ce sera la première fois que quelqu'un d'autre lira nos missives, et comme tu le dis souvent, on n'a aucune idée de ce que ça vaut. On est peut-être complètement à côté de la plaque. On en est là de cette histoire en tout cas.

Quoi qu'il en dise cet éditeur, je voudrais te témoigner du bonheur que j'ai eu à converser avec toi, à garder ce fil entre nous pendant cette année si particulière. Combien de fois j'ai souri en pensant à ce projet, combien de fois j'ai été porté par lui, porté aussi par ton enthousiasme, par ta douceur entraînante, ta foi communicante, comme une certitude qui transpire de toi, que la suite va être belle, et qui donne à chaque fois envie de vivre un peu plus.

## Fabien à Ben

Bureau de Prod, Paris XI^e^

Cher Ben,

Putain c'est vrai qu'elle est cheloue cette année. Après deux ans de Covid, deux ans d'alternance de confinements stricts, de confinements partiels, de couvre-feux, d'attestations auto-écrites pour faire des courses, de frontières fermées, de restos clandestins, de concerts interdits, de concerts masqués, de masques à l'école, de masques dans la rue, d'interdiction de voir nos anciens, d'interdiction de s'embrasser, de vaccination pas obligatoire mais un peu quand même… Bref, deux ans de situations absurdes, inédites pour toute une planète, situations qu'on aurait même eu du mal à trouver crédibles dans un film.

Après deux ans de Covid donc, c'est la guerre. Enfin la guerre près de chez nous, celle qui nous concerne vraiment parce que les bombardés et les réfugiés « nous ressemblent » et ont « les mêmes voitures que nous », comme disent les experts de la guerre sur certaines chaînes d'information. Parce qu'apparemment, des civils qui meurent quand ils sont loin, c'est moins grave. Parce qu'apparemment, des hommes qui perdent tout, des femmes qui pleurent et des enfants qui crient, quand ils n'ont pas la même religion, c'est moins triste.

Donc bon, c'est la guerre à quelques pays de chez nous, et pour la première fois de notre vie, on se demande jusqu'où ça peut aller, si c'est possible que l'arme nucléaire soit de sortie, si c'est envisageable que Paris sonne l'alarme des pompiers du 1er mercredi du mois pour qu'on aille tous se planquer dans des caves. (En effet, à l'heure où je t'écris, les géopoliticiens de plateau télé ont l'air de dire qu'avec Poutine, tout est possible et qu'une escalade planétaire n'est pas complètement inenvisageable.)

Ouais. Elle est cheloue cette année quand même.

Ce matin, l'armée russe a bombardé un hôpital pour enfants à Marioupol au sud de l'Ukraine. Les images sont insupportables. Alors comme toujours face aux grands drames du monde, on se sent concernés mais pas trop quand même. On accuse le coup mais pas trop longtemps. On finit la lecture d'un article du journal pour aller manger des carbonaras en famille. On zappe France Info pour RMC Sport parce que le match de Champion's league va commencer.

Et c'est humain. La vie continue. La nôtre en tout cas. Nos enfants vont bien et vont à l'école. Les projets ne manquent pas. Les tournées continuent. Est-ce qu'on manque de cœur et d'empathie ? Est-ce qu'on zappe pour se protéger ? Peut-être que c'est salvateur de manquer un peu d'empathie. Les personnes les plus sensibles et les plus empathiques sont certainement vouées à être malheureuses. Il y a tant de drames à s'approprier autour de nous. Une bonne part de notre bonheur tient à notre capacité d'être un peu égocentré. Bref, la vie continue et moi je zappe avec d'autant plus de plaisir qu'au milieu de cette année cheloue, il y a des événements et des sourires qui font plaisir.

L'autre jour, j'étais en concert à Montpellier. Je suis sorti de scène un peu après 22 h 30, j'ai bu un petit rhum pour me requinquer (je crois que c'est la première fois de ma vie que j'écris *requinquer*), j'ai satisfait aux obligations professionnelles de fin de concert : les poignées de mains et les sourires avec les personnes ayant des accès backstage. Il y avait quelques potes à moi, mais aussi des amis d'amis, de la famille des musiciens, le maire de Montpellier, la femme du mec de la cantine, le cousin du chef de la sécurité du Zénith avec toute sa famille. Tu les connais ces moments-là.

Bref, après ce petit moment obligatoire de Relations publiques, il est quasiment 23 h 30 et je fonce sur mon téléphone pour voir la fin des Victoires de la musique. Je savais que tu passais peu avant minuit et que la remise de la Victoire du Concert de l'année était dans la foulée. Et là, je t'ai vu dans ton costume bleu d'un style relativement contestable, chanter puis, attendre l'ouverture de l'enveloppe. J'ai attendu aussi ce moment particulier où quoi qu'on pense de ce système de récompense, le temps est long et intense. On assiste au déchirement de l'enveloppe, on est pendu à la première syllabe du présentateur pour voir si on reconnaît son nom ou le nom de son album. Et là : j'ai entendu ton nom. J'ai crié de joie en même temps que ton équipe autour de toi, je t'ai vu monter sur scène et déclamer ton petit discours. Ce discours, je le connaissais déjà un peu parce que je l'avais lu dans une de tes lettres il y a un an, quand tu avais été nommé aux dernières Victoires mais que tu n'avais pas eu de récompense. Tu avais préparé un discours au cas où, et comme tu n'avais pas eu l'occasion de le dire sur scène, tu me l'avais écrit dans une lettre pour qu'il serve au moins à quelque chose, persuadé dans ta sincère humilité que tu n'aurais pas d'autres occasions de le livrer.

J'ai écouté ce fameux discours, rempli d'émotion, un grand sourire figé sur mes lèvres, fier de te voir là et heureux de cette récompense profondément méritée. Moi non plus je ne pensais pas être un jour aussi ému par une phrase d'Olivier Minne.

Une preuve de plus qu'elle est vraiment cheloue cette année.

## Ben à Fabien

Ménilmontant, Paris XX^e^

On a rencontré l'éditeur, il nous a dit qu'il serait d'accord pour publier nos échanges, mais qu'il fallait encore s'écrire, et nous, on a retenu que le début de la phrase.

Plus d'un mois qu'on a arrêté nos correspondances. Un mois inouï. Je sais qu'on a déjà beaucoup évoqué la scène mais comment ne pas parler de ce que je viens de vivre.

Un mois fait de Zéniths.

Un mois d'émotions d'une intensité difficilement descriptible, car à la puissance d'une salle de 7 000 personnes, il faut ajouter le soulagement de constater que le concert qu'on a inventé fonctionne. Une année à préparer, une année à réfléchir à une entrée, à une sortie, à une trame, à des moments forts, à des moments malicieux, à des moments d'émotions, à des moments dansants, à des moments tout court, une année à les répéter, à les modifier, à les questionner, à les jouer, pour finalement les tester là, dans une soirée qui déjà draine beaucoup d'imaginaire.

C'est pour ça que le premier a tellement d'importance. Il cristallise la rencontre de ce spectacle et du public. C'est intense, voilà, j'ai pas d'autre mot.

Un mois aussi fait d'élections présidentielles, atones, mais par essence historiques.

Je ne parle pas publiquement de politique parce que je ne suis pas un expert. Aussi devrais-je m'arrêter là puisque je sais désormais que ces courriers seront publiés. Mais j'ai commencé cet échange en imaginant te parler à toi, et rien qu'à toi, alors j'irai jusqu'au bout comme ça.

La France, comme le reste du monde, se polarise, et se désintéresse avec mépris du régime de la V^e^ République. Peut-être que les 2 200 milliards de dollars de trésorerie de Google peuvent expliquer que les peuples ne croient plus en nos instances dirigeantes pour diriger. Peut-être qu'ils pensent dépassés ces gouvernements qui pèsent moins lourd que ces entreprises géantes qui nous écoutent, nous conseillent, nous informent, nous animent, nous accompagnent, nous vendent et nous achètent. Peut-être qu'il y aurait moins d'abstention si les humains votaient pour le patron de Google, d'Apple, de Facebook ou d'Amazon.

On revient aussi d'une semaine de résidence d'écriture avec Gaël Faye. Une idée de toi. Une sacrée bonne idée je dois dire. Se retrouver tous les trois dans un studio pendant une semaine, écrire une chanson par jour, et sortir un EP. On l'a fait. C'était génial. J'utilise *génial* parce qu'il a un petit côté enfantin, magique, innocent. C'est *génial* les après-midi à la fête foraine, c'est *génial* de rester dormir chez les cousins, c'est *génial* la bulle des AirMax, les jours fériés, les retours de colo, et donc, cette semaine tous les trois.

On a inventé, on a écrit, on a partagé avec des musiciens formidablement doués (Mosimann et Guillaume Poncelet), en gros, on a joué. On s'est inventé des histoires comme on les inventait enfant, en commençant nos phrases par « on dirait que » et en les finissant face à un micro.

Alors là oui, susciter cet imaginaire à nos âges, avec nos quotidiens (j'en fais pas une description exhaustive mais tu vois ce que je veux dire), c'est salvateur. Parce que c'est ça notre métier, c'est jouer.

Ce soir je pars à New York.

Je suis obligé de l'évoquer parce que c'est pas tous les jours que je peux. Ce soir je pars à New York, j'y suis jamais allé. J'y vais avec ma sœur. On va au mariage de mon correspondant. Eh oui, j'avais un correspondant, c'était obligatoire chez moi.

En fait, l'histoire commence en 1964. Ma mère a quinze ans et elle s'inscrit dans un lycée du Minnesota pour son année de seconde. Elle, la Provençale qui n'avait jamais quitté la France, avait trouvé dans son lycée un programme qui lui permettait d'être scolarisée un an au fin fond des États-Unis.

Elle est rentrée avec des céréales (on n'en mangeait pas en France à l'époque, tout du moins c'est ce qui se dit chez moi, c'est dans notre légende familiale) et une confiance en elle qu'elle a tout de suite attribuée à son audace d'avoir voyagé, d'avoir découvert une langue et un peuple, une confiance qu'elle a décidé de mettre dans son bagage d'éducatrice. Pour nous ses enfants, pas le choix, dès le CM2 on avait un correspondant et tous les étés on allait chez lui.

Ces voyages n'ont pas été aussi fondateurs pour moi que pour elle, mais quand même, ils m'ont forgé. J'ai perdu le contact avec mon correspondant après le lycée, et puis là, il y a deux mois il m'envoie un faire-part, il habite New York, il se marie, il voudrait que je vienne. Je pense à ma mère qui a mis tant d'ardeur, d'engagement et d'enthousiasme pour créer ce lien, et par égard pour elle, j'ai pris deux billets.

Et puis, j'ai jamais vu New York.

## Fabien à Ben

En vacances

Cher Ben,

*J'espère que tu vas bien. Moi aussi je suis en vacances. Ici il fait très beau.*

Quand j'étais enfant, je commençais toutes mes lettres comme ça. Bon, j'en ai pas écrit des centaines, juste quelques cartes postales à mes grands-parents, ou des petites lettres à mes parents pendant les séjours en colo. L'été, les colos duraient trois semaines et la carte postale était le seul moyen de communication. Pas de mail, pas de FaceTime, pas de portable. Une seule carte postale par semaine que les moniteurs nous obligeaient à écrire. Parfois, c'est nous qui recevions du courrier de nos parents et ça, on adorait. Je me rappelle que certains étés, ma mère me glissait avec la lettre des photocopies d'articles de journaux. C'était évidemment des articles de sport, des comptes rendus du Tour de France et de Wimbledon (mois de juillet oblige).

Quoi qu'il en soit voilà, *il faisait* toujours *très beau*, peut-être parce que je n'écrivais des lettres qu'au mois de juillet, peut-être aussi parce que j'ai tendance à dire que dans la vie, il fait très beau, même quand c'est pas toujours vrai.

Ce que tu as écrit à propos des élections présidentielles me navre. Mais je suis tristement d'accord : peut-être y aurait-il en effet moins d'abstention si le peuple français participait à élire le patron de Google, d'Apple ou d'Amazon. Puisque c'est eux qui dirigent le monde, c'est eux qui outrepassent toutes les lois et les règles de fiscalité et de ressources humaines, puisque c'est avec eux que personne n'ose se fâcher, puisque c'est eux qui nous espionnent, qui nous connaissent le mieux, qui nous orientent et façonnent nos modes de vie.

Les seuls secteurs où ils n'ont pas (encore) trop de pouvoir sont les services publics. C'est entre autres pour ça que je serai toujours favorable aux programmes politiques qui défendent ces services publics, qui défendent les acquis sociaux, qui ne cherchent pas à tout privatiser, à tout transformer en capital pour se rapprocher du modèle d'Apple ou d'Amazon, et qui se méfient de cette fameuse « méritocratie » qui n'a que peu de sens à partir du moment où les gens ne sont pas à égalité sur la ligne de départ.

Alors oui, ces dernières élections ont encore battu un record d'abstention pour des Présidentielles. Les gens se désintéressent, en ont marre de « voter Contre », de

« voter Utile », de voter en fonction des sondages qui pervertissent toutes nos intentions.

J'ai bien conscience que ces quelques lignes de réflexion politique sont un peu légères. Je peux bien sûr t'en parler à toi dans une lettre perso, mais est-ce à moi d'écrire ça là, sachant que ces lettres vont être éditées et que plein de gens vont pouvoir les lire. C'est une question qu'on s'est posée la semaine dernière avec Gaël et toi lors de notre semaine de résidence (tu apprécieras la transition à sa juste valeur...). Est-ce aux artistes de prendre position ? On n'était pas forcément d'accord, ce qui a donné naissance à une chanson que j'aime beaucoup et qui n'a pas encore de titre. Qu'est-ce que c'était bien cette semaine, dans cette grande maison avec ce studio magnifique ! J'ai adoré assister aux ébauches de ces chansons, sur des débuts de mélodies lancées par Mosimann ou Guillaume Poncelet. Rapidement, venaient des textes qu'on posait au micro dans la foulée pour que nos deux compositeurs travaillent sur les arrangements. Et très vite, plusieurs chansons se sont retrouvées en chantier en même temps. Moi, j'étais souvent assis sur le canapé à écrire sur les notes de mon téléphone portable. Gaël était souvent à côté de moi à écrire à la main dans son carnet. Toi, tu étais souvent derrière nous, sur le fauteuil rouge à écrire sur ton portable, mais rapidement tu te levais et tu faisais les cent pas en testant ton texte et ta mélodie à voix basse sur la musique qui tournait en boucle dans la pièce. C'était bien de voir comment vous travaillez, car précisément, le fait de travailler ensemble changeait nos petites habitudes. J'ai adoré cette émulation qui donnait de l'élan à nos inspirations. À l'heure où je t'écris, cet EP (ce mini-album) n'est pas encore fini. Tout est dans la boîte (6 morceaux en 6 jours) mais il reste encore à peaufiner, à arranger, à mixer, peut-être même à enregistrer un septième morceau en guise de conclusion. Nous n'avons donc pour le moment aucun recul pour savoir si ces titres donnent un bel ensemble, intéressant, émouvant, drôle ou cohérent.

Quoi qu'il en soit, cette résidence restera un grand souvenir. Cette semaine-là, ce n'était pas vraiment les vacances mais pour le coup, il a fait très beau.

## Ben à Fabien

Rue Marcadet, Paris XVIIIe

Ce matin je suis allé au bureau, ça faisait des semaines que j'y avais pas mis les pieds. Je précise que je dis bureau, je ne dis pas studio, pourtant c'est de rigueur pour mon métier. Tu remarqueras qu'il y a un nom de local destiné à chaque secteur professionnel. Les notaires ont une étude, les avocats un cabinet, les architectes ont une agence, les peintres un atelier, les coiffeurs ont un salon, et les chefs d'entreprise ont des bureaux.

Oui les entrepreneurs n'ont pas UN mais DES bureaux, et, même s'ils n'ont pas d'employés, ils parlent d'eux à la troisième personne. « On a pris des bureaux à quelques pas de la gare de Lyon. »

Moi je dis aussi *bureau*, mais au singulier parce que je ne suis pas entrepreneur, et ça m'arrange de pouvoir parfois utiliser des termes qui normalisent mon existence.

Je dis *bureau* comme je dis aux enfants que je vais au travail. Ça me rassure. Il faut dire que ce métier est une jungle. Non pas dans le sens d'un monde sans pitié où le plus fort mange le plus faible, c'est une jungle dans le sens où il n'y a pas de chemin balisé, pas de chemin tout court d'ailleurs, et qu'on a vite fait de se perdre, hein, les exemples sont légion.

Alors ça m'aide parfois de me rapprocher de termes qui affichent un balisage précis de ce qu'est une vie normale, une vie comme les autres, avec un travail et des congés. Je dis bureau comme je dis collègue, j'adore ces deux mots et je crois t'avoir expliqué pourquoi. Je suis arrivé au bureau donc, et il y avait des semaines de courrier qui m'attendaient.

Des courriers formels – des factures, des relances, etc. – et des courriers aussi de gens qui aiment ma musique. Des gens qui ont pris le temps de m'écrire, puis de m'envoyer la lettre (au passage je trouve qu'envoyer une lettre relève toujours de l'exploit. Il faut d'abord avoir une enveloppe vierge disponible, un timbre, se rencarder sur l'adresse, penser à prendre la lettre en partant de chez soi et trouver une boîte jaune. Systématiquement, au moment où j'entends mon courrier tomber dans cette grosse boîte, j'ai l'impression que oui enfin, je prends ma vie en main).

Chacune de ces missives est unique, chacune a son histoire, mais il apparaît néanmoins que souvent ceux qui m'écrivent ressentent à l'égard de ma musique une émotion que je connais, puisque je la ressens moi-même pour un tas d'artistes. Voire de sportifs.

Plutôt de sportifs d'ailleurs. Une émotion faite de gratitude et d'enthousiasme. C'est très touchant de recevoir ce type de témoignage.

À chaque fois ça me renvoie à ma propre fanitude. Et je me demande alors à qui j'écrirais, moi, si je ne trouvais pas qu'envoyer une lettre est un exploit ? Je pense que je choisirais un pionnier, un précurseur.

La première personne qui me vient à l'esprit c'est Dick Fosbury, l'inventeur du saut en hauteur dorsal, du saut en hauteur tout court presque, et qui a remporté la médaille d'or olympique à Mexico en 1968.

J'admire la force de caractère qu'il a fallu pour faire un pas de côté, pour contredire ses entraîneurs, qui même après son premier titre universitaire, l'ont à nouveau obligé à s'entraîner pour le saut « ventral ». Je lui écrirais qu'il n'y a pas de plus grande qualité que celle de savoir analyser une situation en s'affranchissant du bruit ambiant de la tradition, et de lui trouver une solution adaptée, à l'ombre de « ce qu'on a toujours fait ».

Je suis le cours de ma pensée, et d'avoir évoqué les Jeux olympiques, ça m'a rappelé Micheline Ostermeyer. Elle serait sans aucun doute une de celles à qui j'écrirais si elle n'était pas déjà morte (et oui je sais ce que tu te dis : « Mais Fosbury n'est pas mort ? » Et non, il est pas mort, il est ingénieur, fraîchement retraité, il vit dans l'Iowa).

Micheline Ostermeyer est double championne olympique (poids et disque) aux JO de Londres en 1948 et médaille de bronze en saut en hauteur. Elle est douze fois championne de France dans huit disciplines différentes (60 m, 80 m, Haies, 4 × 100 m, disque, saut en hauteur, poids, pentathlon). Mais ce qui fait la grande singularité de cette femme c'est qu'elle obtient à l'âge de douze ans le premier prix de conservatoire de piano de Tunis, pour devenir une grande pianiste concertiste, considérant qu'être athlète, ça n'est pas un métier.

Elle finira sa carrière championne d'Afrique du Nord et du Liban avec le club de la Société Sportive Arménienne… en basket-ball (elle jouait pivot). Elle n'est pas à proprement parler une pionnière même si on peut dire que n'importe quelle femme qui s'émancipe au début du XX^e^ siècle doit être considérée comme telle.

Elle force mon admiration parce qu'elle est complète. Pianiste virtuose, sportive au palmarès sans équivalent, à une époque où les femmes n'avaient pas le droit de vote, ni même d'ouvrir seules un compte à la banque.

Pas mal.

J'écrirais aussi à Manu Payet. Je sais pas si on peut le classer parmi les sportifs, mais je pense que ça lui fera plaisir.

Je l'ai vu au Théâtre de l'œuvre, j'ai trouvé ça super, c'était comme si je retrouvais un vieux copain et qu'il me racontait ces cinq dernières années dans un climat de rire permanent et de douceur inouïe. En sortant j'ai pensé qu'on pourrait être amis, que c'était sûr qu'on aurait des tas de choses à nous dire. J'en étais convaincu.

J'écrirais aussi à mon père, parce qu'il est mon maître à penser.

Mais heureusement ça, je le fais.

## La bagarre
Ben Mazué

*Hier soir en quittant un bar j'ai croisé la vie*
*Elle était là devant moi on aurait dit qu'elle m'attendait*
*Elle s'est approchée sans prévenir et sans un bruit*
*Elle m'a caressé la joue comme pour me dire qu'il n'y avait pas de danger*

*Et presque aussitôt après, presque aussitôt*
*Elle m'a giflé de toute sa main*
*Une claque si forte que j'ai senti vibrer mon dos*
*Une patate de forain*

*J'ai regardé le sol, je bavais, un mélange de sang, de salive et de haine*
*J'ai senti mes sourcils se froncer, mon calme se froisser,*
*Et mon front a foncé, un coup de boule plein et j'ai frappé,*
*De toute ma peine*

*Bizarrement ça ne l'a pas mise en colère,*
*Elle a hoché de la tête comme si j'avais bien fait*
*Je suis même pas sûr qu'elle ait souffert*
*Elle m'a dit que c'était la règle désormais*

*La règle ? quelle règle ai-je dit ?*
*Elle m'a répondu « quand je t'agresse, tu réponds*
*Et si d'aventure je m'adoucis,*
*Profite, charge-toi de bonheur car ça n'est jamais long »*

*« La règle » ajouta-t-elle « c'est qu'à la fin tu perds,*
*À la fin je gagne, et à la fin c'est la mort qui te récupère.*
*Je trouve toujours le chemin, et je ne fais pas de cadeau,*
*Tu choisiras ton destin, et comprendras que ce qui est beau*
*Dans cette histoire ça n'est pas de gagner,*
*C'est de faire comme Blanquette*
*La fameuse chèvre de monsieur Seguin*
*Ôter la corde de son cou, être libre, heureuse, être bien,*
*Mais surtout,*
*Accepter de faire face au loup une fois la nuit tombée*
*Lutter, tenir, répondre, se bagarrer,*
*En espérant tenir jusqu'au matin,*
*Et me laisser gagner ».*

## Fabien à Ben

Café Le Timbaud, Paris XI$^{e}$

Cher Ben,

Si je devais écrire une lettre à un modèle, une référence, voire une idole, j'écrirais sans hésiter à Michael Jordan. Peut-être penseras-tu que c'est un peu puéril, peut-être n'auras-tu pas vraiment tort. Évidemment, c'est moins original, moins pointu, moins France Inter que d'écrire à Dick Fosbury ou Micheline Ostermeyer. Mais tant pis, je choisirais Jordan parce que j'ai plein de trucs à lui dire. D'abord je le remercierais pour toutes les émotions qu'il m'a procurées, seul devant ma télé au milieu de la nuit (Canal+ diffusait à l'époque les Finales NBA en direct). Je me couchais vers 23 heures, je mettais mon réveil vers 2 heures du matin, et je me recouchais à presque 5 heures, après avoir vécu un bon panel d'émotions : excitation, stress, frustration parfois, euphorie souvent, car souvent Michael Jordan et ses Chicago Bulls gagnaient. Les matchs NBA en direct au milieu de la nuit, c'est une galère. Il y a beaucoup de temps morts et la mi-temps dure plus de vingt minutes. Quand tu es seul dans ton salon à 3 heures du matin, c'est très long, alors je mettais à profit cette pause pour travailler ma détente verticale (position de la chaise contre un mur, plusieurs séries de cinquante extensions sur la pointe des pieds…). À 3 heures du matin le ridicule ne tue pas, surtout quand il n'y a pas de témoin. La détente verticale est une obsession quand tu fais du basket. Michael Jordan lui, défiait les lois de la pesanteur et si je lui écrivais, ce serait aussi pour le remercier de m'avoir autant motivé à travailler cette détente, mais aussi à travailler ma défense, mes shoots et mes dribbles. Parce que oui évidemment, Jordan était incroyable dans tous les compartiments du jeu. C'est le seul joueur de l'Histoire à avoir été élu la même année meilleur marqueur et meilleur défenseur du pays. Il avait un mental à toute épreuve et il a certainement le record de paniers décisifs à la dernière seconde d'un match. Le fameux tir au buzzer, pour les initiés. De toute façon, il a à peu près pulvérisé tous les records : nombre de titres NBA, nombre de fois élu meilleur joueur, nombre de points marqués en PlayOff, en Finale, champion universitaire, champion olympique… Tu ajoutes à ça son intelligence sur et en dehors du terrain, son charisme en interview et tu te rends compte que Jordan a révolutionné son sport. Il a inventé des gestes comme Fosbury, il est aussi titré que Ostermeyer. Je le considère bien entendu comme le plus grand sportif de tous les temps. Si je lui écrivais, je lui dirais tout ça et je le remercierais enfin d'avoir été au top de sa carrière au cours des années 1990, les années de ma préadolescence et de mon adolescence, l'âge ultime pour être fan.

Cette admiration, cet amour même, je pourrais le résumer en une phrase. Eh bien cette phrase Ben, je n'aurais pas besoin de lui écrire par courrier, parce que je lui ai déjà dit les yeux dans les yeux. Ça sent le mytho me diras-tu ? Eh bien non, c'est vrai. On est en 2007, je ne me lève plus la nuit pour voir les matchs en direct et Michael Jordan a mis fin à sa carrière sportive depuis longtemps mais il est à Paris, et Nike organise un dîner en son honneur et peut-être aussi en l'honneur d'une nouvelle paire de pompe, ça, je ne sais plus. Je connais un gars qui travaille chez Nike et ce gars m'appelle pour me parler de ce dîner et me proposer d'en être car Nike invite des gens plus ou moins connus qui aiment plus ou moins le sport. Moi j'adore le sport et je suis plus ou moins connu parce que j'ai sorti mon premier album l'année d'avant. Je suis donc dans le hall de ce resto parisien très classe quand Michael Jordan fait son apparition dans un costard gris très classe lui aussi. Je le regarde de loin comme tout le monde. Je souris bêtement comme tout le monde. Il y a plusieurs tables et malheureusement je ne suis pas à la sienne (sûrement pas assez connu pour ce privilège). Mais au moment où les gens s'installent pour dîner, je profite d'une faille spatio-temporelle pour m'approcher de lui et lui serrer la main. Il me salue poliment sans trop me calculer. Visiblement, il n'a pas écouté *Les Voyages en train* et pour lui le seul slam intéressant est le slam dunk. Par la suite, pendant le repas, je l'observe régulièrement de loin en me remémorant ses plus belles actions que je connais par cœur, tant j'ai usé toutes les cassettes VHS sur sa carrière. Je repense à ces images mythiques pour les fans de basket et j'essaie de réaliser qu'il est vraiment là, à quelques mètres de moi, en train de manger des asperges. Mais attends Ben, le climax de mon histoire arrive. C'est la fin du repas. Le restaurant est au 8e étage et au moment de partir, il y a un peu la queue devant l'ascenseur. J'ai eu l'occasion dix fois de descendre mais je fais le mec qui discute et qui loupe systématiquement l'ascenseur pour attendre Jordan. Il finit par arriver alors que l'ascenseur vient de partir. C'est le moment. C'est mon moment. Je m'approche de lui en préparant ma phrase et dans mon anglais digne d'un élève de 4e LV2, je lui sors avec un savant mélange de confiance et d'innocence : « You know Michael, all around the world everybody love you, but nobody love you like I love you. »

Il a rigolé. Il m'a fait un hug chaleureux. Et moi j'ai plus besoin d'écrire à mon idole.

## Fabien à Ben

Chez moi

Cher Ben,

Cette semaine, un pote slameur, Souleymane Diamanka, m'a proposé d'écrire la préface de son recueil de poèmes qui va sortir en librairie. Souleymane est très fort, on a partagé de très beaux moments à mes débuts dans le slam, on a écrit un texte ensemble, on a partagé beaucoup de petites scènes, et également par la suite quelques plus grandes scènes dans des salles prestigieuses.

J'ai accepté avec plaisir et pour l'écrire, pour parler de lui, je me suis replongé dans mes souvenirs, et j'ai été pris d'une bonne grosse nostalgie qui m'a donné envie de te raconter tout ça. Mon début dans le slam correspond à une époque extraordinaire de découverte, de candeur et de création.

La première fois que j'assiste à une soirée slam, c'est en octobre 2003. J'accompagne mon pote Jacky, il a perdu un pari et son gage est de poser un texte dans un bar, lors d'une scène ouverte de slam. Cette scène est animée par un collectif de trois slameurs, « les 129H », qui deviendront de bons potes par la suite. C'est au Téranga, un tout petit café africain vers la place Clichy. Dans une ambiance hyperconviviale et bienveillante, j'écoute les textes de slameurs et slameuses parmi les pionniers du genre. Il y a là Souleymane, Rouda, Lyor, Néobled, Droopy et Techa, Da Gobleen, Shakiamouni, Tsunami MC, Normal, mon pote Jacky qui s'appelle pour l'occasion John Pucc' Chocolat... Cette soirée est mémorable, je découvre, je ris, je frissonne, je kiffe. Bref je prends ma claque et j'ai envie de participer. J'écris un texte dans la nuit qui suit. Mon premier slam : *Cassiopée*. Le mois d'après, je reviens avec mon pote Jacky qui a pris le virus lui aussi. J'ai écrit un deuxième texte et je suis bien décidé à les clamer devant l'assemblée. On est une cinquantaine entassés dans ce café microscopique. C'est Lyor qui anime la soirée, je vais le voir pour qu'il m'inscrive sur sa feuille. Il me demande mon nom et quand je dis Fabien, il semble presque déçu et me demande si je n'ai pas de pseudonyme. Je n'y ai pas réfléchi, alors je lui réponds du tac au tac : si si, c'est Grand Corps Malade. On ne m'a évidemment jamais appelé comme ça mais j'aime bien, ça sonne comme un nom de Sioux. C'est un nom chelou comme ça semble être la tradition ici, et puis mon pote a bien ouvert la voie avec son John Pucc' Chocolat. C'est un peu ridicule « Grand Corps Malade » mais bon, au moment où je lui dis ça, je pense que ce nom ne va me suivre que le temps de la soirée. Quoi qu'il en soit je suis inscrit, je ne sais pas quand je vais être appelé sur la scène, qui est en fait un espace étriqué devant le comptoir. Du coup je ne profite pas vraiment des textes des autres tant j'ai la boule au ventre. « Grand Corps Malade » est finalement appelé au milieu de la soirée. Je slame *Cassiopée*. Ça se passe bien. Très bien même. L'écoute est parfaite, les applaudissements chaleureux. Plus tard, je fais mon 2e texte et je sens que la petite communauté des slameuses et des slameurs m'adopte. Ils viennent me voir, me posent deux ou trois questions, m'invitent sur d'autres scènes dans d'autres bars, me donnent des flyers avec des dates et des adresses. Je suis devenu slameur.

L'année qui suit, je vais écrire plus que jamais. J'habite tout seul, et en plus de mon vrai travail (je vais me faire virer un an et demi après), je ne vis que pour le slam. J'écris tous les jours, surtout toutes les nuits. Une véritable frénésie d'écriture. Je me surprends à me raconter dans mes textes bien plus que dans ma vie. Je me surprends à m'imposer des contraintes d'écriture comme un jeu sans fin. Je suis présent dans tous les bars, dans tous les petits théâtres, dans tous les squats qui proposent quoi que ce soit qui ressemble à du slam. Je découvre une vie inconnue jusqu'alors, un Paris artistique underground, je rencontre tellement de gens différents de moi, je démarre une soirée sans savoir ni où ni quand elle va se terminer. Et j'écris, j'écris, j'écris. J'écris comme une urgence, comme si j'avais perdu trop de temps avant de comprendre que j'aimais ça.

J'écris sans avoir rien à gagner, rien à perdre, juste pour le plaisir d'écrire et de scander mon texte face à des gens dès que ce sera possible, parfois dès le soir même. J'écris en n'imaginant pas une seconde que ça puisse se transformer en métier, en carrière. Et puis il y a eu les premiers gros tournois de slam, les premiers médias intéressés, la mise en musique de mes textes avec Petit Nico, le 1er album... Mais ça c'est une autre histoire.

Cette période est marquée à vie, c'est une véritable révélation, un débordement d'émotions. Aujourd'hui encore quand j'écris, j'essaie de faire comme en 2003, j'essaie de me mettre dans cette même énergie, dans cette même innocence, cherchant à oublier que ce texte va devenir une chanson, et que des centaines de milliers de personnes peuvent l'entendre, en essayant d'oublier que des journalistes vont peut-être me demander pourquoi telle phrase ou tel mot. Je ne dis pas que j'y parviens toujours, mais je pense à mes débuts et j'essaie de retrouver ce sentiment d'urgence.

C'était bien. La nostalgie est revenue. T'es nostalgique de tes débuts ?

## Ben à Fabien

Parc floral de Vincennes, Paris XIIe

C'est presque l'été ici. Il fait beau comme pas possible, et encore assez frais pour que chacun soit à l'aise quelle que soit sa tenue. Ceux qui bossent en costume ne sont pas importunés par la chaleur, et à ton bureau le short claquettes chaussettes est de rigueur sans que personne ne sourcille. Je commence par un point sur le temps qu'il fait parce que c'est le moment ou jamais d'en parler ; la seule raison pour laquelle j'aime les climats tempérés, c'est l'arrivée des beaux jours.

C'est comme si tout le monde avait eu une bonne nouvelle en même temps. Alors bien sûr dans les transports ça fait la gueule hein, ça bouge pas ça, mais c'est plus dur d'avoir l'air désabusé quand tu portes une robe à fleurs, ou un bermuda blanc. Il y a un vent de renouveau qui dépasse les mines impassibles des

Parisiens pressés. Les beaux jours à Paris c'est ça, des gens heureux trahis par leurs habits.

Cette lune de miel entre la météo et moi ne durera que quelques jours. Je vais très vite trouver qu'il fait trop chaud, trop moite, trop quelque chose. Mais je n'en ferai pas un courrier, parce que tu t'en cognes et qu'on est pas encore assez vieux pour que ce soit une considération indispensable à nos conversations (j'ai hâte).

Tu me racontes tes débuts avec nostalgie. Cette rencontre avec la poésie, la découverte d'une scène musicale au nom de laquelle on peut tout tenter. Et cette envie d'écrire comme une évidence sur laquelle tu n'avais jamais réussi à mettre le doigt, un mélange de frénésie, d'amour, et d'obsession. On a envie d'en être tout le temps, on a envie d'en faire tout le temps, on a envie de progresser, de s'exercer, de recommencer. C'est un sentiment d'enfant. Découvrir une discipline et réaliser combien on l'aime, c'est un sentiment d'enfant.

Je me souviens de mes débuts comme dresseur d'orque, à la fin des années 80. Je vivais orque, je ne participais à une conversation que si elle avait à voir au moins avec les mammifères marins, je connaissais tout d'eux. Je voulais m'en occuper à Marineland, en plus c'était pratique, j'habitais à côté. Finalement les orques ont laissé la place au piano, grâce à Nancy, une prof de musique australienne qui m'avait appris à apprécier l'instrument, j'en jouais tout le temps, je ne voulais pas en faire mon métier, mais c'est la première fois que la musique me prenait tout mon temps. Ils sont là mes débuts.

Ensuite j'ai découvert la guitare, et là c'était encore plus génial. Parce que c'est pratique et parce que c'est pas sorcier de jouer *Come as you are* de Nirvana. Au lycée j'ai monté un groupe, avec des amis, on allait répéter dans les anciens entrepôts frigorifiques de Paris, « Les frigos ». Ces locaux étaient squattés par des artistes, des peintres, des plasticiens, des photographes, des décorateurs de cinéma, des musiciens. Et au milieu de cet endroit illégal et autogéré, un labyrinthe de studios de répétition, qui sentait le tabac froid, l'alcool mélangé à la moquette et les soirées sans fin.

On y allait dès qu'on pouvait, on jouait trois heures et moi c'est comme si je respirais après des années d'apnée. J'étais tellement épaté par les moments qu'on vivait, et l'évidence était pour moi si forte, si objective, que j'étais totalement certain qu'on ferait de la musique ensemble toute notre vie. Ça ne pouvait pas être autrement. Ça a duré quatre mois.

Le chanteur (à l'époque, j'étais pianiste guitariste) a décidé d'arrêter à cause du bac qu'il ne fallait pas rater une seconde fois, le batteur nous trouvait pas assez bons, et le bassiste a décidé de se lancer dans Internet (à l'époque on se « lançait dans Internet » oui, c'était pas forcément une évidence ce truc, on était encore sur la question : « Internet ? Effet de mode ou révolution ? »). Alors j'ai compris que ce que je ressentais n'était pas si objectif, et qu'il me fallait continuer sans eux.

À l'époque, au Luna Rossa (c'est le nom des studios de répétition, maintenant ils ont des locaux beaucoup plus chics, à deux pas des Frigos, tout est légal, propre et non-fumeur) il y avait un immense cadre en liège sur lequel les groupes épinglaient des annonces pour trouver des musiciens. Alors j'ai commencé à répondre à ces annonces.

J'ai d'abord tenté ma chance avec un groupe de reggae des Yvelines qui cherchait un chanteur. Douze jeunes du conservatoire, amateurs de THC, passionnés même je dirais, extrêmement doués, qui jouaient le reggae avec six cuivres qui envoyaient monstrueux. Ils ne m'ont pas demandé si j'avais de l'expérience dans le chant ou dans le reggae, heureusement, on a tout de suite joué, j'ai pris le micro, et j'ai chanté des textes d'autres chanteurs que je connaissais par cœur. C'était… je vais essayer d'être précis dans ma description, c'était orgasmique. Ils m'ont proposé qu'on continue mais j'ai dû décliner parce que les Yvelines c'était trop loin de chez moi et qu'il y avait quatre répétitions par semaine.

J'ai postulé ensuite pour jouer dans un groupe du personnel de la RATP qui cherchait un chanteur. Ils répétaient dans un dépôt à Créteil, j'y suis allé, c'était l'hiver, il faisait nuit et froid – mais assez de considérations climatiques. En arrivant, la première chose qui m'a frappé c'est qu'ils étaient huit dont quatre aveugles. Un gros ratio. Ils faisaient uniquement des reprises de morceaux soul des années 60 à 80. Al Green, Marvin Gaye, Otis Redding, etc. On a commencé par *As*, de

Stevie Wonder. La pianiste s'est arrêtée au milieu du morceau, elle m'a demandé de le chanter un peu plus enjoué, en le faisant a cappella pour me montrer. Elle chantait cent fois mieux que moi, c'était magnifique. Ils ne m'ont jamais rappelé.

Et puis j'ai découvert que dans ma fac il y avait un studio de répétition, disponible, pour les étudiants. Un groupe cherchait un batteur pour jouer des reprises des Beatles et de Louise Attaque. J'ai postulé. Ils m'ont pris. Je me suis entraîné huit heures par jour à partir de ce moment-là parce que j'avais jamais fait de batterie mais je le sentais bien. On a fait un concert pour la fête de la fac et c'était… je vais essayer d'être précis dans la description : orgasmique.

Le chanteur ne m'a pas gardé, il trouvait que je jouais pas assez bien.

Alors j'ai monté mon propre groupe, avec des gens qui gravitaient autour de ce studio à la fac. Tout le monde n'était pas étudiant, mais personne ne nous disait rien. On répétait deux fois par semaine, pendant quatre heures, sans but, sans projet, sans raison. On jouait, pour jouer. Je n'ai pas de souvenir plus heureux et plus paisible dans mon cœur bouillonnant, que ces mardis et jeudis de 20 heures à minuit à la Pitié-Salpêtrière. À partir de là, le virus était en moi, le ver était dans le fruit, je savais que je n'arrêterai jamais.

## Ô toi Australie
Grand Corps Malade

*Tu es un pays, tu es un continent*
*Tu es un défi, tu es un compliment*
*Tu regardes dans les yeux les plus grands océans*
*Je t'imagine en conservant mon regard d'enfant*

*Ô toi Australie*
*J'irai dormir dans ton lit*

*Je rêve souvent de toi, de ta barrière de corail*
*J'entends tes vagues et ta houle dans leur plus belle chorale*
*Je veux voir tes kangourous et tes opossums pygmées*
*Je veux voir ta culture, de Canberra à Sydney*

*Ô toi Australie*
*J'irai dormir dans ton lit*

*Je te sais accueillante, mais tu peux te montrer sévère*
*Plutôt docile sous tes airs, mais hostile ton désert*

*Tu es l'eau et tu es le feu, tu es le soleil et la lune*
*Et j'espère avant d'être vieux, me baigner dans tes lagunes*

*Ô toi Australie*
*J'irai dormir dans ton lit*

## Ben à Fabien

Entre Opéra et République, Paris

Je reviens du théâtre, j'en sors à peine, je suis dans la rue. J'étais invité à voir une pièce de Shakespeare. Je n'avais jamais vu de pièce de Shakespeare. Tout ce que je connaissais de Shakespeare c'était un film de Kenneth Branagh avec Denzel Washington, Keanu Reeves, et Emma Thompson, *Beaucoup de bruit pour rien*, sorti en 1994, issu de la pièce du même nom. J'avais trouvé ça génial à l'époque, mais il faut croire que j'avais pas trouvé ça assez génial pour creuser un peu plus, pourtant c'est peu dire qu'il est coté, ce monsieur.

Je suis allé au théâtre, seul, un vendredi soir, en pleine tournée, alors que je suis jamais chez moi le vendredi.

Alors que j'aurais pu voir mes amis que je vois jamais, faire la fête que je fais jamais, passer du temps avec mes enfants que je vois pas jamais, faut pas exagérer.

J'avais passé ma journée dans les papiers, concentré, à compter, à solder, à prévoir, à ranger. J'étais sorti de là un peu poisseux, dévoré par mes réflexions sur l'avenir. Jusqu'où ira ce schéma de vie ? La tournée, les albums, la musique. Sur quoi je peux compter chez moi ? Quel faiseur je suis ? Quel artisan ? Quel professionnel ? Des questions un peu désagréables, mais qui, les années passant, s'avèrent être de plus en plus supportables.

Enchaîner une telle journée avec une soirée, seul, au théâtre, pour aller voir Shakespeare, qui plus est un (précieux) vendredi soir, c'était une erreur. Je me le suis dit sur la route vers le théâtre, je me le suis dit quand j'étais assis dans la salle à attendre le début. J'avais bien noté la durée d'ailleurs, une heure cinquante, je n'étais pas sûr de tenir jusqu'au bout, mais c'était mon objectif. Et puis la lumière s'est éteinte, et la pièce a commencé.

Le temps d'une centaine de formules ahurissantes d'intelligence, de finesse, d'humour et d'émotion, la pièce s'est terminée. C'était magnifique, tout le temps. Certains dialogues, certains traits d'humour, certaines complicités entre les personnages, me renvoyaient à des émotions et des souvenirs enfouis ou flous, des souvenirs merveilleux d'amitié, de liberté, de partage, d'amour. J'en suis sorti la tête dans ces souvenirs, étonné de comprendre qu'il existe dans ma mémoire des territoires assombris, qu'une bonne pièce de théâtre permet d'éclairer à nouveau.

Cette émotion, je la connais, je la chéris même, c'est elle qui me donne envie d'écrire. Et dans un passé pas si lointain je serais rentré et j'aurais essayé de faire une chanson. Mais on a bientôt fini ce livre et j'y pense beaucoup alors c'est de t'écrire qui me vient en premier.

Voilà, en fait c'est ça mon processus d'écriture, casser le réel comptable d'une journée de paperasse en allant seul au théâtre alors que j'aime pas forcément ça, avoir neuf chances sur dix de m'ennuyer sévèrement, et revenir bousculé, ému, déséquilibré juste ce qu'il faut pour avoir envie d'écrire.

Dans la pièce, il y a une tirade que j'ai trouvée très belle, mais c'est pas la plus drôle.

« Le monde entier est un théâtre, et les hommes et les femmes ne sont que des acteurs ; ils ont leurs entrées et leurs sorties. Un homme, dans le cours de sa vie, joue différents rôles ; et les actes de la pièce sont les sept âges. Dans le premier, c'est l'enfant, vagissant, bavant dans les bras de sa nourrice. Ensuite l'écolier, toujours en pleurs, avec son frais visage du matin et son petit sac, rampe, comme le limaçon, à contrecœur jusqu'à l'école. Puis vient l'amoureux, qui soupire comme une fournaise et chante une ballade plaintive qu'il a adressée au sourcil de sa maîtresse. Puis le soldat, prodigue de jurements étranges et barbu comme le léopard, jaloux sur le point d'honneur, emporté, toujours prêt à se quereller, cherchant la renommée, cette bulle de savon, jusque dans la bouche du canon. Après lui, c'est le juge au ventre arrondi, garni d'un bon chapon, l'œil sévère, la barbe taillée d'une forme grave ; il abonde en vieilles sentences, en maximes vulgaires ; et c'est ainsi qu'il joue son rôle. Le sixième âge offre un maigre Pantalon en pantoufles, avec des lunettes sur le nez et une poche de côté : les bas bien conservés de sa jeunesse se trouvent maintenant beaucoup trop vastes pour sa jambe ratatinée ; sa voix, jadis forte et mâle, revient au fausset de l'enfance, et ne fait plus que siffler d'un ton aigre et grêle. Enfin le septième et dernier âge vient unir cette histoire pleine d'étranges événements ; c'est la seconde enfance, état d'oubli profond où l'homme se trouve sans dents, sans yeux, sans goût, sans rien. »*

J'aime bien l'idée de diviser la vie en actes, qu'à chaque acte, nous ayons un rôle, mais enfin il n'y a absolument jamais de joie dans aucun des âges, et même moi, qui ne suis pas le plus heureux des hommes, je trouve qu'il y va un peu fort William.

Par exemple l'écolier, il n'est que tristesse et atermoiements, or on peut quand même admettre qu'il y a de bons moments dans l'enfance, de grandes joies, quotidiennes même. Et puis n'y a-t-il pas, entre le soldat cherchant la renommée (cette bulle de savon), et le juge au ventre arrondi abondant de dictons, un homme accompli, revenu de la guerre avec le pacifisme en bandoulière, sage sans être juge, et prêt à donner ce qu'il

* Citation extraite de *Comme il vous plaira* par William Shakespeare, éditions Le Livre de Poche, 2003.

a pour faire ce qu'il pense utile ou bon ? Que dirais-tu de lui répondre, que dirais-tu d'écrire les sept âges nous aussi, dans une version un tantinet plus réjouie ?

## Fabien à Ben

Tard dans le TourBus

Cher Ben,

Je ne suis jamais allé au théâtre seul. À vrai dire je vais très rarement au théâtre, pour ne pas dire jamais. C'est pas dans mes habitudes, c'est con. En revanche, à une époque, ça m'est arrivé plusieurs fois d'aller seul au cinéma. C'était souvent le dimanche soir au Mégarama de Villeneuve-la-Garenne, un gros complexe à l'américaine au fond d'un immense parking, au cœur d'une zone industrielle. Un cinéma très glamour quoi… Eh bien j'adorais. Tu n'es jamais plus à fond dans un film que dans ce cas-là. Tu es au cœur de la magie de la grande salle obscure avec écran géant et son dolby, et tu n'es pas distrait par les réactions de la personne qui t'accompagne. Quand tu es au cinéma avec quelqu'un, tu te demandes forcément un peu si ça lui plaît, si ça le fait rire, s'il s'ennuie, si lui aussi se demande si le film te plaît… S'il change de position deux fois en moins de cinq minutes, c'est qu'il s'emmerde. Tu analyses tout ça sans le vouloir. Quand tu n'es pas accompagné, tu es seul avec l'histoire, avec les personnages. Rien ne te détourne de ton film. Peut-être que c'est aussi parce que tu étais seul que tu as tant apprécié ta soirée.

Alors donc William Shakespeare… C'est drôle parce que tu m'écris que la pièce t'a réveillé « des émotions et des souvenirs enfouis ou flous ». Ça me rappelle justement un passage de *Hamlet*, la seule pièce de Shakespeare que je connais. On l'avait étudiée au lycée, et un truc m'avait marqué : c'est que pour faire avouer à son oncle qu'il a tué son père, Hamlet organise une pièce de théâtre dans laquelle il fait jouer aux comédiens un meurtre. Quand l'oncle d'Hamlet y assiste, il ne peut cacher son trouble. Le théâtre a fait ressurgir son émotion, sa culpabilité et il va tout avouer. Notre prof nous avait appris que ce phénomène s'appelait la catharsis, quand l'émotion est libérée dans sa dimension la plus pure et la plus intense. Dans *Hamlet*, Shakespeare nous enseigne donc l'effet cathartique du théâtre. Je sais ça depuis le lycée, et là, vingt-cinq ans plus tard, tu vas voir une pièce de Shakespeare et tu me racontes en quelque sorte que la catharsis a fait son œuvre parce qu'elle a réveillé « des émotions et des souvenirs enfouis ou flous ». C'est marrant quand même.

Je viens de relire mon dernier paragraphe pour voir si j'ai été à peu près clair, et je réalise qu'au bout de plus de quarante lettres, on a passé un cap. Là je crois qu'on a atteint le paroxysme de notre côté intello. Notre éditeur va être fier de nous. Je pense même que c'est ça qu'il faut mettre en 4e de couverture de notre livre, sous une belle photo de nous deux en noir et blanc : « Dans cette correspondance, Ben Mazué et Grand Corps Malade rivalisent de savoirs et d'intelligence. Ils citent des tirades entières de Shakespeare et nous rappellent le pouvoir cathartique de l'art. »

Ça résume pas trop mal le bouquin.

À propos de tirade, j'ai relu deux ou trois fois celle que tu as citée et effectivement, Shakespeare n'est pas très optimiste sur les sept actes de la vie de l'homme. Puisqu'on est dans la partie Philo de notre correspondance, je vais tenter de relever ton défi et donner une autre version des sept âges de l'homme au cours de sa vie :

Je suis d'accord avec le premier : l'enfant, mais au lieu d'écrire « vagissant » et « bavant », j'écrirais « découvrant » et « s'adaptant ».

Ensuite, je suis Shakespeare sur le terme écolier, sauf que là putain, il fout le cafard son écolier : « il rampe comme un limaçon, à contrecœur jusqu'à l'école » !!! Non William, là t'abuses. Mon écolier à moi, c'est pas un limaçon, c'est un cabri, l'œil vif qui, par petits sauts, expérimente et apprend la vie autant dans la salle de classe que dans la cour de récréation.

Pour le troisième âge : l'amoureux. Bien sûr l'amoureux. Moi l'amoureux, je l'imagine poète crédule et naïf qui s'enflamme et se perd, se trompe et grandit, certain de son amour absolu pour Solène le dimanche soir, et pour Nadia le lundi matin.

Pour le quatrième âge, Shakespeare parle de soldat, grosso modo fier, jaloux et sûr de lui. Je garderais à peu près la même description mais, XXI^e^ siècle oblige, à la place de « soldat », je dirais « startupper » ou « influenceur ».

Pour le cinquième rôle, à la place du juge au ventre arrondi, je parlerais du « père de famille ». Ça me paraît important comme âge de la vie. Ce moment où l'homme se découvre un amour inédit, une maturité insoupçonnée et se met à donner beaucoup de conseils qu'il ne s'est que très rarement appliqués à lui-même.

Pour le sixième âge, complètement déprimant chez Shakespeare, je mentionnerais le rôle du sage. C'est l'âge où l'homme n'a plus grand-chose à prouver. Il peut enfin être lui-même à 100 %, en partageant volontiers son expérience de la vie, mais sans essayer de tirer la couverture à lui, sans flatter son ego sous prétexte que les gens l'écoutent.

Pour le septième et dernier âge, Shakespeare parle d'un homme « sans dents, sans yeux, sans goût, sans rien ». En admettant que les siècles ont passé et que les progrès de la médecine permettent d'aborder ce dernier âge avec un poil plus d'optimisme, j'évoquerais le rôle du « contemplatif ». Et j'imagine alors un vieillard serein, assis sur le banc de la place du village, observant les générations se succéder sans vraiment essayer de les comprendre, regardant la vie passer sans essayer de la retenir.

*Les correspondants*

4$^{e}$ de couverture : « Dans cette correspondance, Ben Mazué et Grand Corps Malade se découvrent philosophes et remettent en question les grandes théories de William Shakespeare. »

## Fabien à Ben

Café Ryss, Paris XIe

Cher Ben,

On a chacun deux fils, à peu près du même âge. Alors forcément, on en parle, on échange nos anecdotes et nos expériences, on se questionne, on se conseille. On se trouve même des points communs. Et parmi ces points communs, il me semble qu'on n'idéalise pas nos enfants. Bien sûr on les admire, on est souvent fiers d'eux mais j'ai l'impression qu'on parvient à prendre du recul, et qu'on ne va pas crier sur les toits dès qu'un de nos fils a une bonne note, fait un beau dessin, marque un beau but ou nous sort une bonne vanne. Ça paraît évident dit comme ça, seulement ce n'est pas une évidence chez tous les parents. J'ai parfois écouté des pères ou des mères de famille s'extasier devant leurs progénitures, raconter un de leurs actes héroïques, portés par une fierté explosive alors que l'anecdote me semblait d'une banalité sans nom :

« Oh Fabien il faut que je te raconte : hier Marie nous a récité sa poésie d'une traite, sans aucune erreur et sans aucune hésitation. Et puis elle mettait le ton, une éloquence, une conviction ! C'était incroyable. Je crois qu'elle a un don. Avec sa mère, on était émus, c'était dingue. C'est sûr elle va être avocate, ou académicienne. »

Ce à quoi on a tous envie de répondre : « Marie a neuf ans… À neuf ans, n'importe quel gamin pas trop abruti est capable de réciter une poésie par cœur. Tu t'enflammes un peu je pense, d'ailleurs tu t'enflammes souvent, c'est gonflant. »

Et pourtant on répond tous : « Non, c'est vrai ? Génial ! »

Tu me diras, il vaut mieux ça que l'inverse :

« Oh Fabien il faut que je te raconte : hier Marie a tenté de nous réciter sa poésie. Y'avait dix pauvres lignes à connaître. Elle n'en connaissait que trois qu'elle a mis à peu près vingt-cinq minutes à nous sortir. Quasiment incapable d'aligner deux mots de suite. C'était pathétique. Je crois qu'elle est con. Avec sa mère, on savait plus où se mettre. C'est sûr elle va être Tiktokeuse. »

Ce à quoi on répond : « Marie a neuf ans… À neuf ans, c'est jamais évident de réciter une poésie du premier coup. Elle n'était sûrement pas en confiance. Tu es sévère avec elle je trouve, d'ailleurs tu la dénigres trop souvent, c'est dur. »

Et pourtant on voudrait dire : « Ah ouais, elle est vraiment con. »

Mais je m'égare… Je te raconte ça parce que l'autre jour, je me suis surpris à te raconter, puis à raconter à un autre pote, puis à raconter à mes parents que mon deuxième fils écrivait des chansons. Et que j'étais super impressionné. Il a huit ans, il a commencé d'un coup, comme ça, sans prévenir. Il s'invente des chansons qu'il n'écrit pas toujours. Souvent il se les répète assez à l'oral pour les connaître par cœur. Il en a déjà cinq ou six à son petit répertoire. Il y a toujours un vrai thème bien servi par des rimes, un rythme, une mélodie, une structure couplets/refrain. Je suis impressionné. Alors je me demande forcément si je suis objectif et si ça vaut le coup de le raconter à plein de gens. Il me semble que ce n'est pas très ordinaire mais je doute un peu. Parce qu'à plusieurs reprises, des gens m'ont répondu « Non, c'est vrai ? Ah c'est génial ! » Ça veut sûrement dire qu'en vrai ils avaient envie de me répondre : « Il a huit ans… À huit ans, n'importe quel gamin pas trop abruti est capable d'inventer une chansonnette. Tu t'enflammes un peu je pense, d'ailleurs tu t'enflammes souvent, c'est gonflant. »

Pourtant je suis sûr qu'il a un truc. Il finira avocat, ou académicien.

## Ben à Fabien

Rue Marcadet, Paris XVIII$^{e}$

Quand j'étais enfant mes parents allaient parfois dîner chez des amis.

Ma mère s'habillait avec des robes compliquées, elle mettait beaucoup de parfum, elle nous embrassait, pressée, pendant qu'on dînait avec mes sœurs (toujours des pâtes quand les parents sortaient), ensuite on allait regarder un film qu'on avait pas le droit de voir, et on se couchait. C'était les meilleures soirées.

Je n'ai jamais eu de babysitter moi parce que je suis le dernier, donc c'était à mes sœurs qu'incombait la tâche de me garder, et elles étaient les meilleures babysitters.

Le lendemain c'était souvent mon père qui s'occupait de nous, ma mère prenant certainement un peu de temps pour se remettre de la caisse qu'elle s'était mise la veille.

C'est comme ça que je l'analyse aujourd'hui.

Souvent je demandais à mon père comment s'était passé le dîner, il était rarement très enthousiaste : c'était bien, il y avait son copain Bernard qui boit du bon whisky, et ils avaient beaucoup parlé.

Il me racontait aussi, je m'en souviens très bien, que si, à table, il y avait un blanc gênant dans la conversation, il suffisait de demander à l'autre de te parler de ses gosses et t'avais une demi-heure de monologue assuré, tu pouvais fermer les écoutilles et penser à ta journée de demain en t'extasiant çà et là des exploits de la petite, passionnée de cheval et c'est pas simple parce que non seulement c'est un loisir cher mais aussi très chronophage et patati.

Dans ma famille on dit que les enfants c'est comme les pets, on aime que les siens. C'est pas une belle phrase j'en conviens, mais elle a le mérite d'être claire... Alors quand tu grandis avec ce genre de maximes, tu fais gaffe quand, à table, ton voisin te demande des nouvelles de ta progéniture.

Je ne suis jamais dithyrambique à propos de mes enfants, et c'est pas très compliqué, je ne me retiens pas, je ne suis jamais dithyrambique à propos de mes enfants car je ne les trouve pas formidables.

Je les aime, bien entendu, ils m'impressionnent régulièrement, mais je les vois comme des chantiers. Et la vie est tellement incertaine, que je ne peux même pas penser « ce chantier se passe bien, le résultat va être fabuleux, bien au-delà de mes espérances, et au rythme où ça va, on risque d'avoir fini plus tôt que prévu ».

Je les aide à se fabriquer, et j'adore ça.

Moi aussi j'ai un « deuxième fils » comme tu dis, et tout est dans cette formulation. Cette place du deuxième lui fait prendre très fréquemment une route différente de celle que je lui montre, puisque c'est la route officielle, celle que j'ai déjà proposée à son grand frère, je me dis qu'il fait ça certainement pour passer de « deuxième » à « unique », c'est-à-dire une personne qui ne vient après personne.

J'admire ça chez lui. Ce courage de contredire, l'envie d'aller là où personne d'autre ne s'est aventuré et je me réjouis de voir ce chantier initialement pensé comme une belle villa ressembler de plus en plus à... une médiathèque.

Il chante aussi, comme le tien, il lit, il joue beaucoup, tout seul, il invente, il rêve, il a beaucoup d'amis et le sport ne l'intéresse pas vraiment pour l'instant. On a essayé la lutte, l'athlétisme, l'escrime, le tennis, l'escalade et il n'a jamais été au-delà d'une séance.

Il n'a pas peur de me dire qu'il n'aime pas et que c'est inutile de le forcer car ça ne fonctionnera pas. Je l'ai appris à mes dépens. Effectivement ça ne fonctionne pas.

J'ai deux chantiers en cours donc, une villa et je crois, une médiathèque. Mais s'ils se terminent en gendarmerie ou en musée peu importe, pourvu qu'ils soient bien construits.

Tu vois, je ne suis peut-être pas dithyrambique sur mes enfants, mais t'as même pas eu besoin de me demander comment ils vont pour que je monologue pendant une demi-heure.

## Ben à Fabien

Ménilmontant, Paris XXe

Hier j'ai regardé *Patients*. C'était la première fois que je le revoyais depuis sa sortie au ciné. Je voulais le montrer à mes enfants.

Je regarde très peu de films « médicaux », j'entends par là des films qui prennent place dans le monde de la santé. C'est une habitude que j'ai gardée de l'époque où j'étais médecin : ça me donnait l'impression de bosser. Or, quand tu décides de te poser pour regarder un film c'est quand même souvent pour sortir du quotidien, pour oublier, pour te détendre, pour couper, etc. Donc quand t'es toubib et que tu tombes sur *Dr House* y'a de fortes chances pour que tu te dises pendant un épisode que tu te souviens plus très bien des acidocétoses diabétiques, et tu gamberges un peu, alors tu éteins et tu retournes dans tes bouquins.

Ou si tu regardes *Hippocrate*, il peut te revenir une histoire ancienne d'un patient que t'as pas si bien géré que ça – j'en ai quelques-unes de ce type – et là y'a rien à faire, c'est du passé, il faut juste tirer les leçons pour les prochains. Donc bof.

Maintenant je commence à être à distance de cette vie, je n'ai plus exercé depuis 2015, je ne sais plus grand-chose du diabète et de ses conséquences (nombreuses, ah ça oui, nombreuses, et galères à retenir), et les souvenirs que j'ai de cette époque commencent, comme tous les souvenirs, à disparaître au profit de quelques-uns, les plus marquants, les plus utiles, les plus heureux, les plus malheureux.

Il y a ça dans ton film. Les instants d'hôpital, les tiens, ceux que tu as retenus avec le temps, parce qu'ils sont drôles, parce qu'ils sont forts, parce qu'ils t'ont servi à te forger une opinion précise sur ce monde que l'on connaît chacun très bien mais d'un bout à l'autre : l'hôpital.

Toi tu étais soigné, et moi j'étais soignant. J'en ai connu des Jean-Marie et des Christiane, comme les aides-soignants de ton film, j'ai partagé mes pauses en salle de détente avec eux pendant quinze ans. Et une chose est sûre, j'étais bien moins accommodant que toi.

Je me souviens d'une garde, dans un service de gériatrie, à Corentin Celton un hôpital d'Issy-les-Moulineaux, aux portes de Paris. Un hôpital cher à mon cœur, je te raconterai pourquoi.

Déjà il faut savoir que les gardes, quand on est médecin, sont des heures supplémentaires.

Ça veut dire que tu travailles le jour, normal, comme les autres, et à partir de 19 heures les autres s'en vont et toi tu gères le service jusqu'au lendemain 8 heures. Selon le service y'a plus ou moins de médecins de garde. Dans les Unités de Soins Longue Durée gériatriques (USLD), y'a qu'un seul docteur la nuit, c'est un interne, et le médecin senior lui, il est chez lui, il est joignable si tu rencontres une difficulté, mais il faut avoir une difficulté bien difficile pour réveiller un senior à 4 heures du matin, sinon tu prends une soufflante de la famille des colères militaires.

Je faisais plein de gardes, genre une tous les trois jours. On n'était pas beaucoup d'internes sur le pool, et puis ça ne me dérangeait pas d'être très présent là-bas, je te raconterai pourquoi, j'aimais bien faire partie de l'équipage de ce grand paquebot hospitalier, ça faisait des sous en plus aussi, et puis les lendemains tu n'as pas le droit d'être à l'hôpital, ça s'appelle le repos de garde, et ça me permettait de faire de la musique.

Sauf qu'au bout d'un certain nombre de nuits hachées, de constats de décès, de transferts au SAMU pour des fausses routes quasi létales (les fausses routes pour les vieux, c'est-à-dire tout simplement avaler de travers, c'est la peine de mort une fois sur deux), je commençais à tirer la langue.

Un soir donc, je finis ma visite, je constate que tout va bien, que cette nuit pourrait être calme, que je vais pouvoir rapidement me rapatrier dans ma chambre, profiter de mon plateau repas, manger des tomates en barquette sans goût, du fromage en barquette sans goût, avec du pain sans sel et sans goût, et qu'après je vais regarder un peu la télé puis dormir. Ça va être parfait.

Tout se passe à peu près comme prévu, jusqu'à ce que vers 3 heures du matin une infirmière m'appelle. Il faut que j'explique ici que les infirmiers ne fonctionnent pas selon le même schéma de présence. Il n'y a pas de garde pour eux. Il y a des infirmiers de jour, et d'autres de nuit. Leur job exige d'être éveillés, présents, de 20 heures à 8 heures du matin.

Donc l'infirmière en question, à 3 heures du mat, elle est au top, elle est sur sa fin de service, en forme, elle prépare le chariot de médicaments pour les traitements du matin, elle gère les petits tracas, un vomi par-ci, un arrachage de perf par-là, une chute. Ah non pour les chutes elle doit m'appeler.

Donc elle est fraîche Chantal quand je décroche, et qu'elle dit « Bonsoir c'est bien l'interne de garde ? » d'un air enjoué. Moi je suis pas du tout enjoué quand on me réveille au milieu de la nuit, qui plus est quand c'est ma dixième garde du mois, d'autant que là je m'étais endormi avec l'espoir de ne pas être réveillé, donc je suis un mélange de déception et de colère, teinté de déni, parce que j'ai encore l'espoir de rester au lit. Je me demande aussi sur qui elle pensait tomber en composant le 7687 sur son DECT ? (DECT : les téléphones portables à l'hôpital.)

Bien sûr elle pensait tomber sur moi et si elle a dit « c'est bien l'interne de garde ? » avec un ton enjoué c'était surtout une formule de politesse avant l'entrée en matière. Mais moi je suis à moitié endormi, totalement bougon, alors je lui réponds, non c'est Zinedine Zidane. Elle ne comprend pas la blague, elle s'excuse du dérangement et elle raccroche. Sûrement qu'elle se disait qu'elle avait mal composé le 7687 sur son DECT et que le 7688 renvoyait direct au ballon d'or 98.

Ma colère descend très vite et le déni reprend le dessus, alors je me rendors aussitôt. Une minute trente plus tard, peut-être moins, ça sonne à nouveau. « Bonsoir c'est bien l'interne de garde ? » d'un ton enjoué. La colère reprend la place du déni sur le trône de mes émotions. « Oui », je réponds d'un ton bien bas pour qu'elle ne fasse pas le lien avec le coup de fil à Zidane juste avant. « J'ai un patient agité, je pense qu'il faut que vous veniez. »

Et ma colère de répondre : « Les agitations c'est psychiatrique, il y a un psychiatre de garde, appelez-le et s'il considère que c'est de mon ressort, il me préviendra. »

Et je raccroche. Et je me rendors. Mon DECT sonne cinq minutes plus tard, ou une heure plus tard je sais pas je dors. « L'interne de garde ? » d'une voix grave de fumeur de cinquante piges qui a pas du tout envie de rire. J'ai pas le temps de confirmer que le gars reprend : « Une agitation jusqu'à preuve du contraire c'est vous, je vais pas vous apprendre qu'il faut avant tout éliminer une cause organique. »

Il avait totalement raison, et non, effectivement, il n'allait pas me l'apprendre. Je raccroche, je ne me rendors pas, je me lève péniblement, j'enfile ma blouse, je prends mon stéthoscope et mon courage, et je descends au 3e étage de l'USLD.

Arrivé dans le service, je me dirige vers le bocal, ce bureau vitré central, où se trouvent les ordinateurs, les dossiers des patients, et les soignants. C'est le seul endroit allumé. Elles sont deux à m'attendre, l'infirmière à qui j'ai dit que j'étais Zizou et une dame habillée en soignant mais je vois bien que c'est pas une infirmière car elle n'a pas d'outils qui ornent sa tenue (ciseaux, stylos, sparadrap) et son badge n'est pas en bois, avec seulement son prénom dessus, il est en plastique comme les médecins, et il y a écrit : « Valérie Montet cadre infirmier ».

Les cadres sont les managers infirmiers, ils s'occupent de gérer les plannings, les directives, les étudiants, bref, tout ce qui touche de près ou de loin au corps infirmier.

Ce sont des sortes de directeurs d'école, qui travaillent comme des bêtes pour faire tourner le service, qui ont des problèmes à régler H24 et qui les règlent souvent en faisant preuve d'une grande autorité. Donc Chantal a appelé le cadre, c'est pas bon signe.

Je rentre dans le bocal et direct Valérie me rentre dedans : « Je crois qu'on va pas très bien s'entendre vous et moi. Chantal n'a pas franchement apprécié votre échange téléphonique, et j'aimerais vous entendre au plus tôt sur cet événement. »

Chantal est rassurée, ça se voit, sa hiérarchie la soutient, et moi j'ai vraiment pas envie de polémiquer avec le cadre de nuit sur une blague footballistique et mon extrême fatigue, alors je lui réponds : « Valérie, on en parlera quand j'aurai le temps, parce qu'à la différence de vous, moi, la nuit, je travaille ou je dors. Donc si vous voulez, parlez-en ensemble jusqu'au matin si ça vous aide à moins vous ennuyer. »

Je prends le dossier du patient agité et je me casse du bocal, toujours aussi énervé. La chambre du patient est exactement en face. Je rentre, la lumière est éteinte et oh surprise, le patient est sur le dos, parfaitement paisible, il dort, sans bruit. C'est une drôle d'agitation, pas très grave, beaucoup de gens la connaissent, ça s'appelle dormir, ça ne nécessite ni auscultation ni traitement. En tout cas ça méritait bien de me réveiller.

J'entreprends néanmoins, par conscience professionnelle, d'ausculter le patient, je m'approche avec mon stéthoscope… et alors que je suis juste au-dessus de lui, une main sur la barrière de son lit et l'autre sur sa cage thoracique en train d'écouter son cœur, en un instant, ses yeux s'ouvrent en grand, en énorme. Il me regarde surpris et rageux, et de toutes ses forces il me met une claque sur la joue avec le plat de sa main. Une claque qui porte bien son nom. Bien forte, bien puissante, une claque qui fait vibrer l'étage.

Et tout à coup tout est revenu en place, je me suis fait éjecter de ma torpeur. Grâce à ce coup de main (dans le visage), la colère, le déni, la déception ont laissé place à l'acceptation docile, et je me suis occupé de lui sans sourciller, je l'ai géré comme il fallait.

J'imagine la satisfaction qu'ont dû ressentir mes deux interlocutrices dans la pièce en face quand elles ont entendu ce bruit sec et puissant d'un plat de main qui frappe le visage. Juste après que j'ai quitté leur bureau j'ose même croire que c'est ce qu'elles se sont dit : il mérite une bonne claque dans sa gueule, le petit.

Il faut imaginer la scène, un quart d'heure après, lorsque je suis retourné dans le bocal, la marque rouge de la main de ce vieillard (encore bien tonique le vieux) sur ma joue gauche, très très penaud, en bafouillant.

« Bon mesdames, j'ai la sensation qu'on a pris un faux départ vous et moi. Je suis vraiment désolé de vous avoir mal répondu Chantal, et puis Valérie je sais bien que vous n'avez pas besoin de moi pour avoir des choses à faire la nuit. Je vous prie de m'excuser pour ce comportement inadapté. Mais vous savez, les gardes à répétition, la fatigue, etc. etc. »

Le surlendemain je devais recroiser Chantal la nuit pour un arrêt cardiaque d'un patient qui n'avait pourtant aucune raison de mourir. Un moustachu qu'on a réanimé tous les deux. Les problèmes de l'avant-veille étaient oubliés, d'autant que le matin j'étais allé leur acheter des chouquettes, monnaie d'excuse hospitalière.

Note que pour ce vieux moustachu, le SAMU est venu à la rescousse, l'équipe nous a félicités pour notre prise en charge à Chantal et à moi, le massage cardiaque, les perfs, etc., ça nous avait bien soudés. Je me souviens du courage qu'il m'avait fallu pour faire du bouche-à-bouche à ce monsieur de soixante-dix-huit ans, en état de mort, qui était manifestement allé se coucher sans se brosser les dents, c'était dur. Je me souviens du médecin du SAMU, une jeune femme très douce me dire : « Vous savez depuis 2007, il n'est plus nécessaire de faire le bouche-à-bouche dans le processus de réanimation. Le massage cardiaque suffit… »

Chantal est une femme étonnante, au physique d'armoire normande, musulmane, très amoureuse depuis le plus jeune âge d'un certain Kamel avec qui elle a eu quatre filles. Une femme formidable, singulière, forte, passionnante. J'ai même fait une chanson sur elle mais elle était nulle.

Voilà c'était ça pour moi la vie à l'hôpital. Beaucoup de temps sur place, des patients qui me mettaient des claques, au propre comme au figuré, volontaires ou malgré eux, et un personnel hospitalier avec qui j'ai eu souvent des rapports conflictuels et des souvenirs soudants.

Maintenant tu dois te demander pourquoi cet hôpital Corentin Celton est cher à mon cœur. Parce que c'est au 3e étage de l'USLD que j'ai rencontré une jeune étudiante venue pour le mois de juillet, travailler en tant qu'agent hospitalier, et qui deviendra la mère de mes enfants.

## Fabien à Ben

Bureau de Prod, Paris XIe

Cher Ben,

C'est marrant qu'on ait l'hôpital comme autre point commun. Tu y as travaillé plusieurs années, j'y ai été patient un an. Souvent on partage nos expériences de studio, de mixage, de mastering, de balances… Mais c'est vrai qu'on partage un autre champ lexical : les médecins de garde, les cadres-infirmiers, les transmissions, la réa, le bocal…

J'ai écrit un livre sur mon année en milieu hospitalier et tu viens de revoir mon film. Je ne vais donc pas reparler de la nécessaire patience du patient, sa fragilité, le lien étroit et étrange qui se crée entre le soignant et le soigné. Je vais juste revenir sur deux anecdotes qui m'ont le plus marqué ; anecdotes qui ne sont pas particulièrement à la gloire du personnel soignant.

Je suis dans un couloir, en transfert entre deux services de réanimation. Je suis donc allongé sur le dos sur un lit médicalisé, des tuyaux plein la bouche reliés à des machines, mais les yeux bien ouverts et la conscience affûtée. Un médecin s'approche de mon lit, se penche sur mon visage, constate que je le regarde dans les yeux mais ne daigne pas me dire bonjour. Je ne peux pas vraiment engager la conversation. Il saisit alors le dossier posé sur mon lit, le regarde et se retourne soudainement en hurlant dans le couloir : « Il est à qui ce tétra, là ? »

Lors de ces premiers jours de réanimation, j'étais dans un état permanent de vulnérabilité, d'incompréhension et de peur. Mais là, j'ai quand même trouvé des ressources pour accéder à un sentiment supplémentaire : la colère. J'avais bien envie de le gifler mais mes quatre membres étaient inertes, j'avais bien envie de l'insulter mais les tuyaux dans ma bouche n'étaient pas d'accord. Alors je suis resté là, la colère silencieuse et les yeux fixant le plafond. Comment ce médecin pouvait-il à ce point nier mon existence ? Il est docteur, il sait qu'un tétraplégique possède toutes ses facultés mentales, il sait que je le vois, que je l'entends et que je le comprends. Seulement à cet instant, je n'étais pas un être humain pour lui, je n'étais qu'un cas médical, sans personnalité, sans histoire, sans conscience. Note que j'ai bien compris qu'il parlait de moi, même si à cet instant précis, je ne savais pas encore ce qu'était « un tétra ». Je me suis juste douté que c'était pas une bonne nouvelle.

Pour l'autre anecdote, il s'agit d'un aide-soignant de nuit qui lui, a bien compris que j'étais un être humain et que j'étais bien capable de l'entendre. C'était toujours en réanimation, j'étais toujours totalement paralysé, toujours intubé et incapable de parler. Une nuit, il s'est assis à côté de mon lit et m'a raconté pendant une bonne heure ses problèmes de cœur. Il avait l'air d'en avoir vraiment gros sur la patate (je crois que c'est l'expression appropriée). Il avait une voix grave et lasse. Sa meuf ne l'aimait plus, elle allait le quitter, il se sentait seul au monde, il n'allait pas pouvoir payer le loyer tout seul. C'est vrai que c'est dur. Mais cette nuit-là, j'aurais tout donné pour échanger nos problèmes.

Pendant un an, j'en ai eu des histoires, des embrouilles et des rigolades avec le personnel soignant. J'en ai apprécié, j'en ai détesté. Et finalement et avec le recul, je leur voue un respect sans limite. Ils font un métier compliqué et fatigant, s'occupent de gens très souvent en détresse physique et mentale. Je me souviens que pour la plupart, ils essaient de sourire en entrant dans la chambre pour compenser l'absence du nôtre. Et puis comment ne pas être reconnaissant envers ceux qui m'ont habillé, lavé, fait manger…

Que ce soit pour moi ou pour des proches, ma vie repassera forcément plusieurs fois par la case hôpital. Alors à chaque fois, et même s'ils pourront m'agacer, j'essaierai de me souvenir qu'il faut faire preuve de respect et d'indulgence envers Chantal, l'infirmière de nuit, et Benjamin, le jeune interne qui en est à sa dixième garde du mois.

## Fabien à Ben

En festival

Cher Ben,

Je suis au Luxembourg pour les Francos. Je prends un café à côté du Catering (la cantine pour les non-initiés au monde du spectacle). J'entends au loin Clara Luciani qui finit ses balances. Juste avant c'était Gaël Faye qui faisait ses derniers réglages.

C'est le retour des festivals en plein air. Pour nous, c'est le premier de l'été. Il y en aura une vingtaine tout au long de la belle saison. J'aime cette ambiance, j'aime cette période. Je t'écris en commençant une fois de plus par parler de la scène, de la tournée, des concerts. Elle aura été le fil rouge de toute notre correspondance. Je dis souvent en interview que c'est lors des concerts que j'ai le plus l'impression de faire mon métier. Alors c'est normal qu'on ait beaucoup parlé de la scène parce qu'on a fait notre métier pendant ces quinze derniers mois, et ça a rythmé nos vies, nos envies, nos pensées et nos lettres.

Quinze mois. Je crois que c'est à peu près ça, le temps qui nous sépare de notre première lettre. Peut-être un peu plus d'ailleurs. Seize mois, dix-sept ? Étant donné que notre correspondance a à peine dépassé les cinquante lettres, force est de constater qu'on n'a pas complètement respecté notre ambition d'une lettre par semaine. C'est pas grave. Au moins je ne me suis jamais forcé. Je t'ai écrit avec beaucoup de plaisir et de naturel. J'ai souvent réussi à oublier que ces échanges allaient être édités et lus par d'autres. D'ailleurs, peut-être qu'à la relecture, certains passages ne vont pas passer à l'auto-censure. Je te l'ai déjà dit, je n'ai pas l'habitude d'écrire des lettres, c'était un jeu nouveau pour moi. Quand je raconte quelque chose de personnel (un sentiment, un avis, une anecdote), j'écris en vers. Ça me rassure les vers, ça me protège. Comme si les rimes étaient un bouclier qui me permettait de me livrer sans trop me mettre en danger. La prose, c'est presque trop de liberté, trop d'espace. Aucune possibilité de s'abriter.

Ce paragraphe sonne comme un bilan, une conclusion. Eh oui, Cher Ben, cette correspondance touche à sa fin. Je l'écris presque avec une touche de nostalgie anticipée. L'éditeur nous a fixé une date limite, pour qu'on ait le temps de relire, de mettre en forme les pages, de choisir des photos, une couverture, et d'imprimer tout ça pour fabriquer un vrai livre.

La semaine dernière, on s'est même retrouvés ensemble dans un studio pour une longue séance photos. On aime à peu près autant l'un que l'autre cet exercice. Mais là, ça va. On était deux à poser, on a rigolé, on s'est même déguisés, on n'a pas trop vu le temps passer. Ça commence par une envie de s'envoyer des lettres, et ça finit seize mois plus tard par prendre des photos en aventuriers australiens.

Plus de cinquante lettres plus tard, je ne sais toujours pas si nos échanges ont un réel intérêt ou si ça tourne à l'ego trip. Ce que je sais en revanche, c'est que je t'ai écrit et je t'ai lu avec beaucoup de plaisir. Espérons simplement que ce plaisir se diffuse un peu chez nos lecteurs, qu'ils rient comme tu m'as fait rire, qu'ils soient émus comme tu m'as ému, qu'ils tournent la page avec le même enthousiasme que j'ai eu en ouvrant chacune de tes lettres.

Merci Ben. C'était un honneur de partager cette expérience avec toi. Tu as été un excellent correspondant.

## Ben à Fabien

Festival des petites folies, Finistère

C'est difficile de s'écrire toutes les semaines. D'ailleurs on y est pas arrivé. Mais même si c'était pas exactement toutes les semaines, c'est difficile d'écrire souvent à quelqu'un.

C'est difficile de s'obliger.

Quand j'étais au collège j'avais un correspondant américain, je t'en ai parlé, je suis allé à son mariage à New York cette année. Ma mère me forçait à lui écrire de temps à autre. En anglais qui plus est.

Je le faisais parce que ma mère y tenait beaucoup.

Et il me répondait toujours. Je me souviens d'ailleurs que de voir son courrier dans ma boîte aux lettres, ça me faisait plaisir. Recevoir du courrier, hormis les factures et les avis de majoration, c'est toujours une joie. Il n'y avait pas grand-chose dans ses lettres, et à la réjouissance de l'ouverture de l'enveloppe, succédait souvent une émotion un peu fade.

Il fait de l'italien cette année. Bon. Sa chienne a eu une portée. Son frère s'est marié. OK.

Je me dis malgré tout que c'est sûrement grâce à ce fil constant et terne que nous avons construit une amitié sincère, rare, subtile, que c'est grâce à ce fil fade et ténu que je me suis retrouvé à son mariage cette année, à la table de la famille, fier et heureux.

Pour toi, je n'ai pas eu besoin d'avoir ma mère qui m'obligeait à t'écrire, heureusement cela dit parce qu'elle est morte il y a dix ans, et je n'ai pas eu d'émotions fades en lisant tes courriers.

Toi, tu n'as pas appris l'italien, ta chienne n'a pas eu de portée car tu n'en as pas et ton frère ne s'est pas marié car tu n'en as pas non plus.

Toi, cette année tu as fait un disque de diamant, une tournée de quarante Zéniths, et un petit album avec deux chanteurs prometteurs, dont l'un est rwandais et l'autre, c'est moi.

Toi, tu m'as montré qu'on peut se livrer sans s'épancher, qu'on peut écouter sans plaindre, qu'on peut se raconter sans impudeur.

Chaque fois que tu m'as écrit, j'ai ressenti le privilège immense d'entretenir avec quelqu'un que j'admire un fil constant de nouvelles. Chaque fois que tu m'as écrit, j'ai fini le courrier rechargé de cette matière impalpable que tu sais faire germer chez les autres. Un mélange d'espoir, de force, de légèreté et d'envie.

Alors non, je ne vais pas clore cet échange de seize mois avec une pointe de nostalgie anticipée, mes sentiments ici sont beaucoup plus épais que des pointes. C'est un mélange d'espoir, de force, de légèreté et d'envie qui est venu se poser sur mon lundi.

Merci, « Cher Fabien ».

*Cet ouvrage a été composé par Belle Page*

*Imprimé en France par*
*CPI BRODARD & TAUPIN (72200 La Flèche)*
*en septembre 2022*

*pour le compte des Éditions J.-C. LATTÈS*
*17, rue Jacob – 75006 Paris*

PAPIER À BASE DE
FIBRES CERTIFIÉES

JC Lattès s'engage pour l'environnement en réduisant l'empreinte carbone de ses livres. Celle de cet exemplaire est de :
450 g éq. $CO_2$
Rendez-vous sur
www.jclattes-durable.fr

N° d'édition : 01 – N° d'impression : 3049012
Dépôt légal : octobre 2022
*Imprimé en France*